首里之马

首里の馬

高山羽根子

[日]高山羽根子——著
黄悦生——译

台海出版社

北京市版权局著作合同登记号：图字 01-2022-5190
SHURI NO UMA by TAKAYAMA Haneko

Original Japanese edition published in 2020 by SHINCHOSHA Publishing Co., Ltd.,Tokyo
Simplified Chinese translation rights arranged with SHINCHOSHA Publishing Co., Ltd. through ShinWon Agency Co., Hebei Prov. China

图书在版编目（CIP）数据

首里之马 /（日）高山羽根子著；黄悦生译．-- 北京：台海出版社，2022.12
ISBN 978-7-5168-3417-6

Ⅰ．①首… Ⅱ．①高… ②黄… Ⅲ．①长篇小说—日本—现代 Ⅳ．① I313.45

中国版本图书馆 CIP 数据核字 (2022) 第 192626 号

首里之马

著　　者：（日）高山羽根子　　译　　者：黄悦生

出 版 人：蔡　旭　　责任编辑：俞滟荣

出版发行：台海出版社
地　　址：北京市东城区景山东街 20 号　　邮政编码：100009
电　　话：010-64041652（发行，邮购）
传　　真：010-84045799（总编室）
网　　址：www.taimeng.org.cn/thcbs/default.htm
E - mail：thcbs@126.com

经　　销：全国各地新华书店
印　　刷：北京美图印务有限公司
本书如有破损、缺页、装订错误，请与本社联系调换

开　　本：787 毫米 ×1092 毫米　　1/32
字　　数：150 千字　　印　　张：7.25
版　　次：2022 年 12 月第 1 版　　印　　次：2023 年 2 月第 1 次印刷
书　　号：ISBN 978-7-5168-3417-6

定价：55.00 元

《首里之马》序文

我在 2018 年开始写这部小说。当时，随便就能到世界上的各个国家走访——比现在方便多了。其间，我构思好了一个故事，讲述主人公与身在远方的人交流谜题、储存并保管相关记录，表达一丝隐约可见而又似荒诞无稽的希望。然而，在动笔过程中，世界上却发生了诸多问题。首先，是冲绳首里的标志性城楼在火灾中被烧毁了。随即有一场大台风席卷了日本的部分地区，并引发洪灾。尤其是自从这部小说在杂志上刊登之后，全世界变得越来越难以相互沟通，唯一的方法，是与身在远方的人进行远程联系。

我并非获得所谓的文艺杂志新人奖之后才成为

作家的。就日本文坛来说，这一点颇不寻常。

我写的小说被评为短篇奖佳作，随后被收录于科幻短篇小说集里——这是我的作品首次刊登于正式发行的书。从那之后，我一边在公司上班，一边创作短篇小说。我过着这样的生活，从没想过要自己写一本书。

我作为一个专攻美术、学习绘画之人，却开始写起科幻短篇小说，这一点也是不同寻常的。从美术学院毕业的人，大多都是从事绘画方面的工作。从这个意义上来说，我既没有先例和线索可循，也没有需要追赶的目标。所以，这个开始既充满困难，同时也颇为轻松自在。

因此，我获得芥川奖实在是出乎意料。这么说来，我不由产生了这样的想法：从我动笔写这部作品开始，世界上发生的所有事情都是出乎意料的。

与之前的获奖者相比，我的颁奖仪式简直悄无声息。既没有举办庆祝宴会，其后的采访活动也很简单。这固然是因为受全球性疫情影响的无奈之举，但也许正因如此，才让我获得了思考各种问题的时间。

在这个故事里，有好几个涉及三要素的事物——三处舞台，三位身处远方的朋友，三个单词组成的谜题。中国的科幻小说《三体》在日本也广受好评，其中有个观念是“三要素与万物的记录密切相关”。我在创作《首里之马》的过程中也强烈地意识到这一点。

说句题外话，当初我获得科幻短篇奖佳作时，对拙作给予高度评价的评委大森望先生正是《三体》日文版的译者。

也许不独日本如此吧——人们总是希望科幻领域的创作者们通过小说、电影、美术等作品对人类和社会的未来进行预测，期待着他们发出预言。

但我认为，所谓的预言之书，无论预测得是否准确，毕竟只是一种仿造之物。小说——尤其是科幻小说这种文学类型，其实并不是对未来的预测，而是增加未来可能性的选项和分支线，摆脱传统的条条框框。作家之所以创作这些作品，也并非想要构建自己的理想世界，而是想要带读者走进一个谁都想象不到的地方。

我衷心希望，这部作品能像那匹小马一样载着你，带你走进一个想象不到的地方。

目录

小岛

这一带的台风多得吓人，所以房屋大多建得低而平。日本各地随处可见的尖形屋顶、形状复杂的大门和屋檐，除了美观之外，还具有防寒、防积雪等优点，但对于偶尔来袭的强风，防御作用就比较弱。

如果屋顶被风刮走，不仅仅是强风直接冲击或物体碰撞损坏之类造成的单纯破坏。风是一种气流，碰到形状复杂的物体就会产生压力的旋涡，在建筑表面形成多处接近真空状态的地方，使屋顶或墙壁从内侧翻卷并脱落。如果从避免遭受台风影响这方面考虑的话，建筑还是应该尽量减少凹凸部分，并且做成低而平的方形屋顶。

这正是这一带民房的特征。那些从前建造的整齐的房屋，为了防止橙红色的素烧瓦片被风刮走，甚至还用白色灰浆把瓦片之间的缝隙都涂上了。除了防风，这样做还兼有另一个目的——防止小鸟、毒蛇和其他小动物在上面做窝。这种橙白相间的独特屋顶纹样，融入了南部特有的景色之中，酝酿出一派风情。

不过，首里[1]附近的建筑大多数是“二战”后按照传统样式重建的。当时，人们根据战火中残留下来的零碎记录，再结合幸存者的恍惚记忆，使这些整齐的城楼和建筑群得以重现。它们赫然“站立”着，至今仍然是这片土地的象征。

而“港川”[2]一带倒是集中了许多最近重新改建的新式建筑——以前这里曾经是外国人的住宅。严格说来，这种表述是不正确的，因为当时这片区域本来就属于外国。这些建筑的轮廓呈平整的四方形，

1　首里：位于日本冲绳县那霸市内东北部。有许多历史遗迹，是冲绳主要旅游景点。主要城区首里城，2000年被联合国教科文组织列为世界文化遗产。其布局是依照中国明清的紫禁城做蓝本而建。——编者注（本书脚注中如无特别说明，均为译者注）

2　港川：位于冲绳县中部的浦添市，其中的外国住宅区因战争时期美军驻守的关系，留下美式风情的痕迹。——编者注

表面的混凝土外墙涂着淡黄色或浅蓝色油漆。

它们基本上都被用来出租开店，例如面向年轻人的杂货店、古装店、咖啡馆、画廊等等。因此，近年来这附近一带开始变得繁荣起来，吸引了很多国内甚至亚洲各地的游客。

这个区域没有那种从祖先世代传承下来的房子。据说，在英祖王朝[1]时期，这里曾经是琉球国都[2]的所在地。但至今为止，这片土地的历史一直是断断续续、残缺不全的。

明治维新废藩置县时，这里因为实施“琉球处分”[3]而重新划分了行政区域。后来在太平洋战争[4]期

1　英祖王朝：相传是琉球岛上最早建立的王朝，建于1259年。英祖（1229—1299）：琉球国英祖王朝的建立者。

2　琉球王国：曾存在于琉球群岛的封建政权名，明朝时期，琉球诸国成为中国明王朝的藩属国。后被日本的琉球王国率兵并入，设“冲绳县”，琉球王国覆亡。

3　琉球处分：日本明治政府1872年设立“琉球藩”，1879年将其设立为“冲绳县”。在此过程中，琉球王国被日本吞并。

4　太平洋战争：1941年至1945年，“二战”中以日本帝国为首的轴心国和以英美国为首的盟军在太平洋、印度洋、东亚地区进行的战争，以日本无条件投降告终。

间，日军在那霸和首里设立了冲绳战役的司令部。作为前哨基地，这里发生过接连不断的激烈战斗，附近一带的建筑物几乎全被毁坏——确切地说，是消失得无影无踪。

当然，消亡的不仅是建筑。从本州调来守卫冲绳的日军士兵，人数比之前听说的要少得多，而且几乎没人会使用当时的新式武器。最终充当主力军的，是那些以“组建防卫队”为名义征召起来，并未受过什么特别训练的当地平民。

冲绳的所有成年男子都被征召入伍之后，还在各地组织“女子学徒队”。以他们为代表的当地居民在这场战争中的死伤人数“不明”——这份正式纪录至今仍无改变。

战后，冲绳全境被美军占领。在这片被战火焚烧得一无所有的土地上，不仅是基地附近，到处都建起了各式各样的住宅和设施。如今，尽管冲绳已经归还日本了，但各处都还残留着美军占领时期的痕迹，有些地区明显还被当作外国地区对待。

不过，此处的地名不知为何从英祖王朝以来就没怎么变过。虽然有的地名用罗马字或汉字表示后的发音有所变化，但仍然保留了从前的印象，并且被赋予其他多重含义，直到今天。

***

现在，那些外国住宅成了颇有人气的景点。在这周边的步行范围内，很多地方还保留着曾经用于居民住宅本来用途的痕迹——例如美军占领时期的商店、教堂等生活设施。其中还有几处建筑，是和那些外国住宅同一时期建造的，但因为年久失修，现在不知道有什么用途了。尽管这一带的游客和居民很多，非常兴旺，但却比其他地方多了几分沉静和安宁之感。

这个地区有一栋混凝土建筑，粗糙的毛坯外墙灰不溜秋的，也不知道是当初新建时的墙面涂料脱落了，还是本来就设计成这样。据说，这栋建筑的第一任房东曾从事缝纫和洗衣业，服务对象是外国人住宅里的住户，这一点可以从油漆写的店名和那份美元计价的价目表上看出——店名和价目表都是直接写在外墙上，尽管字迹已经近乎消失，但仔细看的话还是能勉强认出来的。

早在美军占领时期，那位房东就建造了这栋房子，开始经营业务。他经历过战争，而且他父亲年轻时还遭受过那场席卷了整个冲绳的大饥荒。这两场灾难都夺去了很多人的性命。他父亲在他出生后不久就死了。

战争结束很长一段时间后，房东的母亲也病逝了。他一个人开店，拼命工作，养家糊口。年老之后，妻子先他而去，没过多久他自己也撒手人寰。两口子都很长寿。他对这种说法信以为真："一部分冲绳人之所以比较长寿，是因为他们从许多短命之人那里获取了几天或几年的阳寿。"

他的独生女长大成人后，嫁给了一个外国人，移民到加拿大去了。女儿对父亲建造的这栋店铺兼住宅的建筑毫不留恋，父亲死后就把它卖掉了。下一任房东以较低的价格买下这栋房子，自然感到十分庆幸。

接手这栋房子的人，即现任房东，是一位名叫阿顺的老奶奶。顺奶奶并不是土生土长的冲绳人。她年轻时是一位长期研究民俗学的学者，在港川度过一段充实的人生之后才搬到这里。搬到这里之前，她经常奔波于全国各地，主要搜集和研究民族风俗之类的资料。不过，这些研究只能通过采访当地人等实地考察的方法进行。因此，她常年辗转于日本各地。

经过这样一段居无定所的时期后，顺奶奶决心结束这种东奔西走做研究的生活，而专注于收集冲绳的资料。于是就在冲绳定居下来，把这里当作人生的终点站。不过，这栋房子并非顺奶奶的住处，她和女儿阿途一起住在离这儿不远的地方。

长期以来，母女俩都没有住在一起。阿途之前大概是住在关西的某个城市，直到母亲买下这栋房子并在岛上生活了十年、年纪越来越大时，她才搬到冲绳来。那时候，她的丈夫早已病逝，她的两个儿子——也就是顺奶奶的两个外孙都已经结婚，建立起各自的家庭。

阿途来冲绳之前是做牙科医生的，移居到这里开始生活之后，她很快就在自己住处附近的住宅区开设了一家小型牙科诊所。

顺奶奶买下的这栋房子，在入口处，挂着一块高度大约六十厘米的珐琅招牌，上面写着几个枯淡而稳重的艺术字——“冲绳及岛屿资料馆”。由此可见，这栋建筑姑且算是这座岛的资料馆。然而，这里实际上只是顺奶奶保存私人资料的地方。为数不多的房间里全都堆满了五花八门的资料，而这些资料也没有什么特定的读者。

具体而言，这里存放着许多关于这座岛的发展历史的资料，比如从那些生活在战争年代的人或者从父母的父母等更老一辈的人口中听来的故事，包括一些传说。这些都是顺奶奶花费多年时间、坚持不懈地收集和积累的成果，现如今也成了她的全部财产。

每天早上，阿途都会开车送顺奶奶来到资料馆。时间一到，结束了诊所工作的阿途又开车过来接顺奶奶回家。

***

今天，未名子从上午就一直在这个资料馆里干活，整理和确认那些与资料相对应的索引卡片。

卡片上的符号和文字基本都是手写，但其中偶尔也有一些歪歪扭扭的铅字，貌似是顺奶奶以前一时心血来潮用打字机打的。顺奶奶性格认真，但有时也未免太认真了。她写字时下笔用力而缓慢，所以有时墨迹太浓而渗到纸背；她用打字机打字时，则由于太过用力而使纸张凹陷下去。

这些卡片全都按顺序整理好，收在抽屉里。抽屉的大小刚好与卡片吻合——或许应该说是把卡片做成了符合抽屉的尺寸吧。抽屉也排列得密密麻麻的，就像中药铺里的药柜一样。实际上，这个柜子确实像是某一家倒闭了的旧私人诊所用过的东西——柜子侧面的边角处贴着一块宽约十厘米的黄铜板，上面刻着“昭和八年，爱阳内科”的字样。

不知道顺奶奶是从哪家诊所回收来的，或许并非直接通过诊所，而是通过旧家具店收购来的吧。基本可以确定的是，这东西来自本州。毕竟这一带已被战火烧毁殆尽，这类东西很少有留存下来的。而到了战后，很多人开始收购有东方情调的旧家具卖给美国人，所以那段时期大量的这类物品从日本各地涌入冲绳。

不过，关于这个柜子的来历，没有一个人清楚，甚至连旧家具店老板也不知道那家诊所开在哪里，更别说未名子和顺奶奶了。

未名子检查了夹在文件板夹上的一览表里的几处地方，手指在空中比画着确认好位置后，从木柜里拉出一个抽屉，放在柜子前面的长桌上。抽屉里密密麻麻地塞满了卡片，其中很多卡片因为打字时的凹陷而增加了厚度。

未名子把一沓沓卡片按项目取出，在桌面上“咚”地顿齐，然后开始整理，一张一张地进行确认……未名子的这一连串操作，并不是从顺奶奶那里学来或模仿来的，但却做得非常熟练而流畅。

这些卡片的年头虽然没有木柜那么久远，但也随着经年累月而出现了相应的损伤。一旦发现发霉、日晒褪色、虫蛀等原因导致字迹难以辨认的情况，就要取出来修补。修补方法是：核对原始资料进行确认，如有必要则贴纸加固，有时还要誊写到新的卡片上，然后和原来的旧卡片一起放回抽屉里。

誊写时无论多小心都有可能出错，而且有的字迹很难辨认，只能猜出个大概……考虑到各种可能，所以要尽量把原来的旧卡片也放回同一个地方。这对档案管理来说是非常重要的。然而，像这样没完没了地修补，卡片不断增加，需要用到的抽屉也就越来越多。

光是索引卡片就这么占地方，那些原始资料就更不用说了。这栋房子的面积超过一百平方米，并不算小，可眼下已经快要被这些资料撑爆了。

资料馆里的东西几乎全都是纸质资料，比如从当地报纸和杂志上剪下来的报道，口述的记录，孩子们上课时画的或是大人们出于兴趣爱好而画的水彩速写，还有用一般人很难辨别的符号记录的特殊乐谱等等。大量这些纸质资料被收在剪贴簿和文件夹里，分门别类地摆放在书架上。

也有少量非纸质的资料。例如生长在当地的植物制成的干花，带有各种花纹的昆虫标本，鸟类的羽毛，老照片，以及用作底片的感光玻璃板，绘有特色鲜明的花纹的民间工艺品和碎布片等等。还有一些盒式录音磁带，里面记录着生活在当地的老人的歌声，以及用含糊不清的方言快速说话的声音——这些是顺奶奶告诉未名子的。

不过要用专门的录音机才能播放，而那台机子早在未名子来这里之前就已经损坏并被扔掉了。未名子以前也试着搜索过关于录音机的信息，知道现在还有少数厂家在生产销售。不过，那些录音机能播放这种类型的旧磁带吗？而且，最关键的是，这些旧磁带是否还完好能听……

很多情况都弄不清楚，所以资料馆也就一直没有重新购置录音机。未名子无法确认磁带里面的内容，只是继续保管着。

这些非纸质资料全都乱塞在书架下方那个抽屉式的扁平柜子里。所有柜子都按顺序编了码，可是由于里面的东西不断增加，中途又添加了别的号码，结果变成了一种独特而费解的文字序列。

这样的分类编码，连未名子和顺奶奶都不见得能完全管理好，至于那些初次见到的人，就更是一头雾水了。顺奶奶和未名子都觉得，这肯定不是什么好事。

***

未名子并非顺奶奶的家人，而资料馆也不是未名子的工作单位。不过，她一有空就会整天待在这里整理资料，直到阿途开车来接顺奶奶回家。刚来的时候，顺奶奶还把大致的工作内容说给她听。渐渐地，她就能自己找出整理的规律，而且不断地添加新的方法上去，就这样一直做到现在。

这里的资料，有很多是关于未名子住处周边地区的各种记录。不过，其中也有很多这样的信息——以前曾经有过的东西，但现在已经不存在了；或者是现在依然存在，但未名子却从没见过实物的。

未名子最开始来资料馆帮顺奶奶干活，是距今大约十年前的事。那时她才十五岁，还在上初中，但因为不合群而经常不去上学。于是，她父亲就带着她从县内别的地方搬到了这附近。那时候，身体还相当硬朗的顺奶奶已经开始在这陈旧的资料馆里整理资料了——正如未名子现在所做的工作一样。

有一天，顺奶奶看见没去上学的未名子孤零零地站在资料馆旁边，就同意让她进馆，还拿出一小块人骨碎片，放在她掌心里让她触摸。

顺奶奶拿出来的这块人骨碎片，是在资料馆附近搜集到的。这一带在古时候建立了村落，比英祖王朝更早的时期就已经相当繁荣，成为冲绳的中心地带。不过，未名子当时还是个小孩，根本分不清这块骨头碎片是远古化石还是在战争中死去之人的骨头。

如果不是顺奶奶给她讲解细节，她甚至无法理解这一小块碎片曾经是人体的一部分。顺奶奶向她详细讲述这一小块碎片为何会到自己手里。除了人骨以外，顺奶奶还向她展示了好几件她从没见过的奇妙物品。这些物品都和这个地区有渊源，而且需要说明来历才知道是什么东西。

在未名子看来，如果没有顺奶奶的讲解，这栋房子里的所有东西都不过是些毫无用处的废物。那些整合到纸上的资料集也是如此——如果不问清楚规则、不把那些资料及其集合的含义联系起来看的话，那么它们只不过是一堆墨水痕迹而已。直到现在，有了索引卡片，未名子还是无法完全把握这里的许多东西。

不过，未名子第一次来资料馆的时候，就非常喜欢这位一直从事资料搜集的顺奶奶。尽管人骨碎片会让人直接联想到死亡，但顺奶奶还是坦率地把珍爱的宝贝连同整个故事一起展现在这个小孩子面前，这让未名子感到欣喜。而在学校里，别说死人身体的一部分，就连上学路上死了一条狗，大人们也会将其掩盖起来以防孩子们看见。

开始来往于资料馆之后，未名子对自己生活的这片土地的历史和文化依然不太感兴趣。她只是觉得：看着资料馆里堆积的各种东西并解读其中来由，是一件愉快的事。一直以来，她都觉得自己对“人”不感兴趣。然而，当她看着顺奶奶搜集的资料，不由想道：自己周围的人以及他们制作出来的所有东西，都将变成生活在遥远未来的新一代人脚下的一小块碎片……

每当想到这一点，她才意识到：原来自己还是喜欢“人”的。读初中和高中期间，每逢休息日或没法去上学的时候，她就带上自习工具来到资料馆。后来毕业工作了，她也会在中午没事做的时候过来帮忙整理资料。

资料馆里有很多未名子百看不厌的东西。不过，这里并不是可以让人参观的观光设施，所以没有收入来源，而且国家和地方政府也不发放补助金。顺奶奶从前年轻的时候，说得好听点也不过是个“民间乡土史学家”，如今上了年纪，很难再继续做调查研究了。至于现在已经成人的未名子，既不具备研究员的资格，也不是以研究者的身份在这里工作。正如大多数民间乡土史学家那样，未名子没法靠这份工作拿工资，所以当然还从事着别的职业。

申请补助金的规定复杂而琐碎，必须经过一道道麻烦的手续。所以顺奶奶老早就彻底放弃了申请补助金。从那以后直到现在，在周围生活的其他人看来，这座资料馆只是一栋老旧的神秘建筑。除了人骨以外，馆里还有许多其他动物死亡的痕迹。从窗外可以看见馆里摆着一些做工不算精致的动物标本——它们是曾经生活在这片土地但如今已经灭绝的动物。在周围人的印象中，这座资料馆充满着阴森的氛围。

不过，假如这座资料馆是一处由政府发放补助金的正式公共设施，为了吸引参观者，就必须在入口处张贴海报以宣传各个时期的推荐展品，或者为周末的参观者提供解说或参观导览——假如资料馆是这样的地方，那么未名子可能就不会像现在这样长期在这里帮忙了。她心想：正因为这里是个僻静的资料存放地，存放着大多数人并不认为是公共知识的冷门信息，所以自己才愿意躲进这里来吧。

随着未名子逐渐长大，顺奶奶一点点地失去了往日的活力。遇见未名子时，她还时常出门走动，看到报纸上报道的某些言行，还会为之生气或感伤。然而如今，却似乎有某种透明的东西正以旁人难以觉察的速度缓缓地渗入她体内，使她的情感以及各项身体机能变得日渐迟钝。

***

整理资料的工作十分单调，而且也不需要创新。未名子把索引从 A 到 Z 捋一遍，然后又从后往前捋一遍，给它们贴上可以按词条或地区分类的标签，然后又按年代顺序重新排列——这是在重复着顺奶奶几年前已经做过的。

尽管很多资料是不需要修复的，但要使资料长期保存下去的话，这种看似毫无意义的确认工作却非常重要。而且，在未名子看来，几年后仍然继续同样的工作也是十分重要的。“此刻，对某一资料确认完毕”——这道程序能明显增加资料的可信度，哪怕只是盖上一个“无变更”的印章。

在这里从事整理工作没过多久之后，未名子就开始用自己的智能手机给资料拍照。把索引卡片和相对应的资料分别拍下来，保存为图像资料。在长年的拍摄过程中，未名子的手机也更换过好几台，功能不断进化，拍摄的图片也越来越清晰。

正如那些手写的和打印的索引卡片一样，资料一旦变旧，就可能会失去统一感。但即便如此，也是聊胜于无吧。于是未名子一直坚持了下来。在这个过程中，她的手法越来越熟练，把“拍照”这道工序融入了资料整理的流程中。拿起挂在胸前的手机，拍照，然后松开手，继续整理资料——这一连串的动作干净利落，而且相当自然。

这时，正在整理卡片的未名子突然停下手来。她注意到，在自己心脏略往下、胃部上方的位置，那个机器正在有规律地微微振动。尽管它一直挂在脖子上，但未名子平时只用它来拍摄资料，所以没有立刻反应过来：这机器其实是台通信设备。

就连机器本身也似乎为自己具有通讯功能而感到惊讶不解似的，一边微微振动，一边在液晶屏幕上柔和地闪烁着“神户主任”这几个字。

未名子朝顺奶奶那边瞅了一眼。最近这阵子，顺奶奶在资料馆的时候，经常坐在向阳的固定位置打盹儿——有时就算醒着，看起来也像睡着了。未名子从屋子出去，走到大门口接通了电话。

未名子很少接到神户主任打来的电话。她掩饰着内心的紧张，不冷不热地寒暄了两三句之后，回答说：“四十分钟能赶到工作室……好的……我可以接这个工作……”手机里传出神户主任连连道歉的声音：“非常抱歉……不行的话可以不接的……我也提前跟客户说了可能不行……”

按一般标准来看，神户主任未免有点懦弱和过于谦恭，但未名子还是觉得他基本上是一个非常和善而规矩之人。

挂掉电话回到屋里，未名子凑到跟刚才坐姿一模一样的顺奶奶耳边，一字一句地说道："今天我有点工作要处理，先回去了。"顺奶奶的下巴轻轻地动了一下，勉强能让人看出是在表示说"我知道了"。于是，未名子就离开资料馆，向着主干道沿线的巴士站快步走去。

***

这个"神户主任"，顾名思义，就是未名子目前所在职场的负责人及顶头上司。不过，未名子也只是在面试时和他见过一次面而已。他长期在东京生活和工作。

那次面试是在那霸机场内一家咖啡厅里进行的。神户主任大概比未名子年长五岁或更多，身材稍有点胖，待人很和善，甚至连极少有机会跟人说话的未名子也对他颇有好感。他不是本地人，自然不了解这里的气候，所以在大热天也不合时宜地穿着一件做工精细的西服，但却没怎么出汗，也没有抱怨，没有向外界表现出不满，所以莫名地给人一种洁净清爽之感。

他要了一杯冰镇咖啡，然后又乐呵呵地说："难得来一趟冲绳，再点一份紫薯冰激凌吧。"这给未名子留下了很深的印象。

在面试期间，未名子自始至终都十分愉快，不知道是因为很久没跟人说话，还是因为从对方那里第一次听说自己感兴趣的工作。不过，未名子不善交际，甚至无法把自己的这种情绪充分地表达出来。

但后来她回头一想，又觉得：说不定正是自己这种"不苟言笑"的性格给对方留下了好印象，所以才被录取了。

面试开始时，神户主任若无其事地对未名子说：

"你说话不带冲绳地区的特殊口音嘛。"

说完，他默默地想了想，又连忙解释道：

“哎呀，我这么说有些不妥。我的本意不是想谈论你的出身，而是因为我们的业务跟日语的发音有一定关系。”

听到神户主任这么说时，未名子才头一次意识到：谈论别人的出身是不好的。她原本想回答说：“自己虽然在冲绳出生和长大，但父母都是关东人，所以在家基本只讲关东话。”可话到嘴边又咽了回去。其实，未名子根本不知道母亲讲什么话，而且她从小到大也没几个可以经常聊天的朋友。

以前，冲绳各地的呼叫中心配有很多电话接线员，为各种规模的网络购物、电视购物提供咨询服务。但是，大约在半年前就开始更换服务系统，改用短信或智能语音取代人工，不断缩小业务。

未名子之所以失业，就是因为呼叫中心关闭了部分事务所的缘故。长年勤恳工作的未名子领到了一笔可观的补偿金，所以她并没有为生活感到特别焦虑。不过仔细想想，心里还是有一种慢性的不安，仿佛有人在背后不停地推着自己。

她在“在线招聘网站”和“劳务派遣数据库”都注册了账号，却发现上面有很多女性也是因为类似境遇而失业，她们都具有和未名子同样的工作能力，而且都和未名子一样感到不安，甚至更加不安，更加走投无路。

未名子收到过几次面试落选通知，内容都是含糊其词，没什么针对性，倒像是随机决定是否录用，然后通知说“你在抽签中落选了”……招聘要求也是千篇一律。当然，应聘者的履历都差不多，这点也情有可原，但至少应该告诉自己哪些地方不如被录用者呀，这样好歹能减缓“被断然拒绝”的感觉——未名子自顾自地想着。

经历过几次面试失败之后，当她看到神户主任发布的那则“招聘接线员”的信息并前往应聘时，心里已经不会去东想西想地猜测“接线员”具体是做什么业务了。

公交车司机不时放慢速度，一边观察在车上呆坐的未名子和其他几名乘客，看是否有人要下车。

未名子要坐到终点站，而一路上都没有人上下车。巴士站的顺序，一栋栋低平建筑接连闪现的风景，车内播放的医院广告……所有这些都一如往常。

找到这份工作前后的那段时期，未名子内心充满了无数的不安，虽然不算特别强烈，却比此前的任何时候都要多。不过，如今她已经完全适应了这份工作，也就很少会再想起那个时期的不安。

关于自己被录用的几个理由，未名子自己也能大致猜想得到——上一份工作干了很长时间，所以在接电话方面经验丰富，口齿也比较清楚，而且正如神户主任所说“说话没什么口音”；至于耐心和责任感，她自己也觉得不比一般人差；而且最重要的是，她现在孤身一人，没有和家人一起生活。

未名子心想：孤独，是从事这份工作的一个重要因素。

在线视频答题

公交车终点站位于那霸市泉崎。出了站往西走，过久茂地川，一条横穿市内的单轨铁路映入眼帘。沿河有个车站叫作“旭桥站”。“二战”前，市内开通过一条被当地人亲切地称为“轻便铁路”的县营铁路，当时的交通中枢那霸车站就在这附近。如今，这条铁路已经废止了，周边集中了很多公交车站，成为开往各地的公共交通枢纽。

附近的建筑受到那霸机场的限制，即使是图书馆、税务署等政府机关，也只是规模大，称不上高层建筑。而从此处往东北方向，则有一片原先被美军接管而后归还的、相对较新的地区。从市中心也能望见那里耸立着一座座高层公寓和写字楼。

那些政府机关办公楼的周围，还零零散散地建了一些三四层高的小杂居楼。杂居楼的一层，大多是餐饮店、小酒馆、游戏机室之类的临街商铺。在大楼里工作或学习的人们，一到午休时间就从大楼涌出来，各自到那些小店里吃饭或打游戏，然后返回大楼。到傍晚时，又再次涌出来，各自去吃饭、喝酒，或打游戏。

未名子来到其中一栋杂居楼前面，沿着房地产门店旁边的狭窄楼梯爬上三楼。二楼是一家名为“Sunrise Health Science System”（日出健康科学中心）的事务所，不知道是经营什么的，但光看名字就让人觉得可疑。有时可以看见几个穿着西服的年轻男女抱着瓦楞纸箱从里面走出来。

不过，在他们看来，平时只有未名子出入的三楼也是“不知道经营什么”而且“更加可疑”的事务所吧。

未名子一边想着，一边从挎包里掏出钥匙串。这些钥匙有自家房门钥匙，还有她近期很少使用的庭院库房和自行车的钥匙。她从中取出一把最新的沉甸甸的凹槽钥匙，打开卷帘门的锁，把门拉起一半，然后钻入室内。

像这样把卷帘门半开半闭，一般人就不会误闯入里面。即使是请来做事的工人，也只会迟疑不决地站在门口叫门，而不会擅自闯入室内。看见卷帘门半闭着还会弯腰钻进来的，就只有那些要努力冲业绩的推销员了。

进入室内后还会经过一道屏风，是以前的事务所留下来的，现在正好可以起到遮人耳目的作用。所以，即使万一有人误闯进来，也不会立刻发现这个地方的奇妙之处。

未名子对这个地方已经相当熟悉，能够在黑暗中摸到电器开关。她从纵横排列的九个开关里按下需要用到的四个开关。排气扇开始转动，灯也亮起来，室内的全景一览无余。

室内的构造很简单，因此越发显得奇妙。壁纸不是纯白色的，也没有什么特别明显的颜色或花纹——非要说的话，是一种带点灰色的奶油色吧。所有窗户都被卷帘遮住了。室内那几张办公桌以及桌上摆放着的显示器等，仿佛与这个空间融为一体，看不出经常使用的痕迹。

未名子过了好一会儿才反应过来：这些东西平时都是没人使用的。可见，是为了尽量不显眼而故意摆放成这样的。作为未名子一个人的工作空间，这里未免过于宽敞，但也不算太张扬。

这里的墙壁安装了从室外看不出来的隔音材料，能起到隔音效果。耳朵比较灵敏的未名子当初第一次进来时，感觉耳朵仿佛被凝滞的空气堵住了，就像置身于高级的扬声器里似的。那时她才回想起来：难怪神户主任面试时把这个地方称为“工作室”，而不是“事务所”或“办公室”。

不经意地环视室内，觉得跟普通的事务所没什么两样。但仔细一看，就会发现随处散发出一种不同于一般工作场所的印象。只具备基本功能而不注重外观设计的冰箱、微波炉、咖啡机……这些东西想必都能在办公用品的商品目录上买到。此外，还配备了办公桌、电话机、旧电脑等物品。

然而，其他公司一般都会有的东西，这里却没有。比如说：塞满了贴着标签的文件夹的资料柜；钉子用了一半的订书机；残留着圆形纸屑的打孔器；浑身黏糊糊的塑料垃圾桶；粘着一截风干了的胶带，笨重的透明胶座；写着密码或留言之类的一小张便笺纸……

所以，在未名子看来，这里就像是用CG技术重现出的某个游戏画面的背景，或者是不太了解人类的外星人想象着“地球人的工作场所大概就是这样的吧”，然后据此制造出了这个办公室。

***

街上的这栋小杂居楼，乍一看平淡无奇，走进去才发现里面竟然有些与其实际用途格格不入的设施。对于那些在附近政府机关大楼里工作的人来说，肯定想象不到这里竟然还有这样一个地方，甚至比那家“日出健康科学中心”更令人意外吧……未名子这么一想，心情略有些兴奋。

趁着启动电脑的间隙，未名子打开空调，从冰箱里拿出咖啡粉和矿泉水。办公用品和消耗品全都是由神户主任订购补充的。装有这些物品的纸箱会定期送来，未名子不在时通常就放在门外。神户主任时不时发邮件过来，问她是否还需要别的东西，她每次都回复说不需要了。

这里订购的咖啡是冲绳一家公司生产的，外观有点与众不同，大概是用来作礼品的特产。外包装上写着“泡盛[1]烘焙咖啡”。打开印有三角梅图案的铝箔包装袋，一阵独特的香气扑鼻而来。

未名子对酒和咖啡都知之甚少，不知道这阵香味是不是来自泡盛烧酒。但她觉得：在烘焙过程中，酒精肯定已经挥发掉了；而且，既然是特产，想必也是上等货吧。所以，尽管她平时在家很少喝咖啡，但来到这里时却总要煮上一杯。她把袋里的咖啡粉和滤纸一起装在咖啡机上。

她觉得，煮咖啡的行为能够强化一个事实——自己独自一人来这里时也算是在这个工作室上班的

1　泡盛：冲绳特产的烧酒。

员工，而且还能为自己存在于这个可疑的、缺乏真实感的地方提供证明。

那台不知道用什么操作系统的、老掉牙的电脑开始慢悠悠地启动，发出一种陌生而又令人欣慰的声音。待电脑渐渐苏醒时，大多数时候咖啡已经煮开，空调也把室内空气循环了一遍。未名子对电脑并不是特别了解，但她也知道，现在基本没有哪个地方还在用这种旧机子了。

因此，她隐约猜想到，使用这台旧机子可能有其好处，或者说因为某种理由而非使用这台电脑不可，所以也无法随便更换一台新的。

可悲而又理所当然的是，这台电脑经常出故障。当未名子竭尽全力也修不好——所谓“修”，其实只不过是重启或乱按控制面板然后在旁茫然看着而已，她就会请附近电器店的人过来修。她不知道那家电器店叫什么名字。

每次来的都是店老板。店老板总是穿着一件像哪个厂家发的薄夹克衫，衣服上印有“街上的小小电器店”的字样。这位电器店老板看一眼电脑，二话不说就把它修好了。每次叫他来都能轻轻松松地修好，这让未名子觉得自己刚才的徒劳无助仿佛有种虚幻感，以至于每次都想向对方解释说“刚才真的死机了，真急死人”。

话说回来，这位电器店老板好像也是长期一个人打理着这家店。虽然不清楚具体情况，但想必神户主任是支付过一定费用跟这位老板签了合同吧。否则，在如今这个网络购物的全盛时代，连开在黄金地段的家电量贩店都随时会关门，而靠老板独力经营的旧电器店就更难维持下去了。

未名子心想：说不定，他也是因为孤独所以才从神户主任那里拿到了订单？这时，咖啡煮开了，电脑也启动完毕。她把咖啡倒进马克杯里，喝了一口，盖上硅胶杯盖，搁在旁边。然后往椅子上一坐，抓住办公桌的桌沿，把上身转向显示器，随即拿起桌上的头戴式耳机戴上。未名子一边确认屏幕上显示的文字列，分别输入三次不同的密码。她的指尖肌肉已经记住了这些包含 21 个大小写字母和数字的密码，完全不需要看笔记。

***

没有任何装饰和图标的、简洁的电脑桌面上，弹出了一个窗口。未名子查看窗口上显示的单词——神户主任之前告诉过她这个窗口显示的是人名，所以她知道这个单词是人的名字。但一般来说，第一次看到陌生国家的人名时，恐怕很难猜到那是什么意思。

“Vanda”。

这也许是某个国家常见的男性名字，又或者，这是一个只在这里使用的代号。总之，这个类似称谓的单词出现在屏幕上时，未名子简单地敲了几下键盘，画面就切换到了视频界面。画面不太清晰，但很明显是实时视频。

她回忆每次跟Vanda接通视频时，映入眼帘的总是那灰不溜秋的单调背景。画面中央赫然出现一个白人男性的面孔，近半张脸长满了短胡须。他身上穿着的衣服似乎是白色的，所以整个画面看起来跟黑白影像没什么区别，唯一的亮色是那双令人看了感到不安的澄澈碧绿的眼睛。

Vanda 的视线似乎稍往下偏，没有直视未名子。这是因为正在拍摄他的摄像头与他所注视着的屏幕错开了一定角度。

今天的视频通话几乎没有杂音，只是稍能看出口形和声音有点对不上。不过，这种情况反而会导致对话不太流畅——未名子必须小心翼翼，以免出现两个人同时开口说话或应答时机不对的情形。一个清晰而略微低沉的声音通过耳机传入未名子的耳朵里：

“你好。”

Vanda 用一如往常的流利日语打招呼。未名子也对着悬在自己下巴前糖球大小的麦克风简单地打了声招呼，顺便确认一下通话状况。然后清了两下嗓子，算是正式开始。只见屏幕上的 Vanda 微笑着闭上嘴巴，两人准备就绪。

“问题。”

未名子说出这两个字后，看着显示在自己屏幕上而对方看不到的文字，开始朗读：

“小男孩，胖子——伊万是什么人？”

未名子话音刚落，相隔遥远的 Vanda 的声音就清楚地传到她耳边：

“沙皇。”

未名子默默地笑了笑，按了一下键盘，往 Vanda 的账号里输入一条表示“回答正确”的信息。

未名子在这儿的工作，就是在规定时间内给身在远方的答题者朗读谜题，让对方回答。读题的未名子和答题者通常是一对一，但对方并不总是同一个人。但话又说回来，每次视频通话的语音状况都不一样，如果不显示名字的话，很难分清对方是不是同一个人。

大家在网上注册的名字想必都不是真名，而且有时画面和声音受到严重干扰，别说看不清对方的脸，甚至连性别都难以分辨。所以，在多位答题者当中，未名子只记得跟她频繁通话的几个人的名字。Vanda 就是其中之一。

在这种状况下读题，关键不是需要动听悦耳的声音，而是能保证对方不容易听错的表述能力。未名子的声音就具有这种不容易被杂音湮没的特征——正如嘈杂车站里的列车广播以及疏导人流的口令，会运用独特的声调和发声方法，以便使人容易听清。

未名子和答题者每次视频通话，一般提问和回答二十五道题。根据未名子的经验，问题的种类似乎没有什么限制，好像也没有什么规则或禁忌。不过，或许是为了防止因文化差异而造成回答错误，或者是为了在杂音很多的情况下把听错的几率降到最小，所有题目都尽可能地删去了所有文字修饰。

对于没听惯的人来说，感觉就像是禅修问答一样。大多数问题只有两三个词语组成。

***

以刚才这道题目为例。听到“小男孩”和“胖子”[1]的题目，答题者就能从“伊万”这个名字猜到答案是“沙皇”——冷战时期苏联研制出名为“沙皇炸弹”的最可怕的核弹，代号就叫“伊万”。

“今天的通话预约有点突然呀。”

未名子小心翼翼地选择措辞，以免表现出她对对方临时更改时间之事感到不快。

Vanda 回答说：

“航行轨道有临时变动，只有现在这个时间段不受通信信号干扰。我本来想，如果不能更改时间的话，今天就没法视频通话了。麻烦你啦。”

他的声音听起来比刚才稍模糊一些，因为有点杂音。他今天也和平时一样说着清晰流利的日语。

1　1945 年，美国向日本投掷的两枚原子弹的代号分别是“小男孩”和“胖子”。

“没关系的。今天等会儿还有另一位预约者。而且，我刚才碰巧就在附近，所以真没关系。”

未名子刚说完，对方就冷不防地回了一句：

“是在你之前说的那位民俗学家那里吗？”

未名子自己都忘了，可能以前跟 Vanda 说过在资料馆干活的事吧。她有点惊讶，随即回答道：

“是的，我一直在帮她整理很多资料。”

以前两人用日语闲聊的时候，未名子曾说：

“我是个土生土长的日本人。”

当时 Vanda 问了一句：

“这么说来，你是阿伊努[1]人吗？”

这些答题者个个都知识渊博，这自不必说。尤其 Vanda 更是其中的佼佼者，不仅博闻多识，还精通日语。第一次跟他视频的时候，未名子甚至还以

1　阿伊努：日本北海道的原住民族。

为传送过来的是经过后期配音的视频。他的日语说得如此自然，以至于未名子至今仍然难以相信他是在日本以外的环境中长大的。

未名子又跟 Vanda 聊了几句，然后就挂断视频，稍事休息。她摘下耳机，站起身，一边慢慢地拉伸关节，一边轻轻地哼出声来。预定的下一场视频通话大约在三十分钟之后。

设置通话时间时，考虑到可能因为信号故障导致延迟，所以会多留些富余。通常在问答结束后还会有时间剩余。这时候，未名子就可以跟答题者闲聊几句。可能因为用日语说话比较轻松随意，不少答题者都喜欢跟未名子聊天。

未名子自己也一样，虽然刚开始时还有些戒心，但后来想想也没有什么需要保密的事情，于是就慢慢放下戒心，向对方讲述自己的事情。

大部分答题者的母语都不是日语，但他们的日语口语能力大都不成问题，不仅能回答题目，进行简单对话时也能顺利交流。刚开始时没有闲聊，未名子听到答题者用简单的日语回答问题时，还以为很多人是用机器自动翻译的。

后来过了一段时间，才知道他们用日语进行简单对话时也能说得很溜。他们用各自的方法自学日语，大多数是借助互联网，也有少数人说是以前朋友教的。至于答题过程为什么要用日语交流，神户主任并没有向未名子详加说明，未名子也没有多问。她觉得大概是考虑到这份工作的特殊性，所以才需要变得格外慎重。

不过话说回来，要放在过去那倒另当别论——日本曾经是世界屈指可数的经济大国，而且在美国与苏联关系紧张时期，作为前哨阵地——冲绳岛上的美军基地自然受到世界各国的关注。但今时不同往日，现在就算通过电波与世界各地的人用日语通话，又有谁会留意呢?

未名子与答题者们的聊天内容自由得超乎想象。他们似乎大都经受着孤独之苦，往往没等未名子发问就主动谈起自己的个人琐事。在未名子看来，他们所说的这些琐事并非全是实话，但也不见得全是在吹牛。

他们讲到一些日常小事和内心想法时，或许多少有点添枝加叶，但并不是彻头彻尾的谎话或虚构之事。未名子一边把对方所说的零碎片段拼接起来，一边想象着对方的状况："他的工作也许是在海上或高山上进行探测，或是看守灯塔吧……"

这样的聊天让未名子感到愉快。他们的述说中弥漫着的孤独感，并不会让人产生同情或感到威胁。未名子倒是觉得，这种感受和自己每天生活中的孤独感几乎是一样的。因此，这样的聊天感觉就像在与邻居一同分担烦恼一样。

***

再次打开屏幕。

下一位视频通话对象的信息栏里显示出 Polar 这个名字，然后画面切换，出现了与刚才 Vanda 类似的单调背景，虽然稍干净些，但空间同样狭窄。就未名子所见过的地方而言，感觉很像是某个卧铺车厢的单间，或者城市里的胶囊旅馆。这两种地方，未名子都没有实际进去过，而只是在电视上的旅游节目或纪录片里看过。

Polar是一位东欧女性，一双大眼睛总是睡眼惺忪似的半睁着，五官还算端正，但总觉得有点神情恍惚。她似乎没化妆，一头浓密的长发也没怎么梳理，就那样从中间分开垂下来。不知是因为这个缘故，还是因为她穿着一套类似病号服的衣服，未名子每次在视频里见到她，就会想起以前在冲绳国际大道见过的那群呼吁“反战”的嬉皮士风的美国人。

对于生活在冲绳的未名子而言，当时那些就“美军基地”与“和平”等问题大声疾呼的女人们，看起来就像一群身穿花衣服的美丽亡灵——从她们父母那一代人开始就一直深受战争魔咒的折磨。

简单寒暄了两三句后，未名子宣布：

“问题。”

Polar脸上露出略带紧张的微笑，一边在椅子上端端正正地坐好，一边挺直腰板。

未名子觉得，Polar无论什么表情看起来都很漂亮。Polar的脸色有些苍白浮肿，不知是本来就这样，还是因为长期待在不见阳光的地方。虽然没问过她住在哪里，但根据她的注册名以及闲聊时透露的种种情况，未名子猜想她一定是在极地附近生活。[1]

“鸭川，波浪，造型影响了什么人？”

今天，两人的视频通话出现了些许延迟。Polar不说话，不知是在考虑如何回答这个问题，还是没听清楚问什么。未名子担心自己补充发言会造成双方抢话，于是也不吭声，等对方开口。

在这里视频通话时，这样的沉默是经常发生的。因为题目完全是随机出的，像Polar这样母语既非日语，又不熟悉日本文化的答题者，有时也会被问到一些与日本文化相关的地域性较强的问题。对于

---

1 Polar在英语中表示“极地”的意思。

这类问题，Vanda 一定很拿手。尽管答题没有设定时间限制，但未名子知道信号不稳定时有可能会中途掉线，所以有些担心。

这时，Polar 小心翼翼地、用一种似问似答的语气说道：

“……葛饰北斋？”

“回答正确！”

未名子开心地说道。Polar 抬起下巴，用手背贴在额头上——大概是用这样的动作表示“松了一口气”的意思吧。

从前，千叶县的鸭川地区有一位名叫伊八的著名工匠，非常擅长雕刻波浪，据说葛饰北斋[1]创作的《神奈川冲浪里》就是受其影响——未名子当然不知道其中来由，只不过因为自己是提问者，看得到屏幕上显示的答案，所以才知道答案是什么。

1　葛饰北斋（1760—1849）：江户后期的浮世绘画家。《神奈川冲浪里》是其代表作之一。

未名子发现，猜谜这种游戏远比自己想象的更令人兴奋。未名子尽管只是个朗读谜题的出题者，但每当从答题者的生活中了解到有趣之事，或为自己增加新鲜的经验时，就会感到兴奋不已。每次与答题者视频时，她都切身体会到这一点。

挂断通话，然后把刚才跟答题者的对话内容全部删除，整个业务流程才宣告结束。

面试

“你了解猜谜游戏吗？”

那次面试，神户主任一开始就提出这个问题。这跟未名子事先预测并准备好的问题都不一样。她下意识地问道：

“是电视上那些高中生参加的智力竞赛吗？”

话一出口，她就为自己说出如此傻里傻气而浅薄的话感到后悔，恨不得回到几秒钟之前。未名子不善于和别人交流，每次谈话过程中都会出现好几次这种“想重来”的瞬间。然而，这次神户主任却喜形于色地回答说：“没错，就像这种，就像这种！”

他接着往下说道：

“以前，大家很喜欢听广播、看电视的时候，智力竞赛这种游戏是非常受欢迎的。最初，智力竞赛是一档娱乐性质的广播节目，从听众当中征集问题，然后由知识渊博的学者在节目中回答。由听众出题，没想到吧……最近有个节目——不过已经在日本播完了，叫《百万富翁》，你知道吗？”

“名字倒是听过……但没怎么看过，大概是这种印象吧……”

在未名子的记忆中，那是一间散发着蓝光的未来风格的小型演播厅。演播厅干净整洁、光线昏暗，感觉就像夜间医院的候诊室。两个人面对面地坐在类似于“吧凳”的高椅上，一个是主持人兼出题者，另一个是答题者。未名子平时很少看电视，不知道这两人是否出名，但从他们的言谈举止猜测，那主持人应该是知名艺人，答题者则是普通人。周围坐着观众——看不清具体人数，大概有几十人吧。台上的两人并非轮流答题，而是固定一个出题、另一个回答，所以两人之间应该不存在相互竞争关系，而可能是“挑战者与障碍”或“挑战者与协助者”的关系。总之是一种不对等的关系。未名子由

《百万富翁》这个节目的名字猜想：答题者是要回答多少个问题呢？答对一定数量就能获得一笔可观的奖金吧？

“不需要快速抢答。关键在于，无须竞争的一对一答题可以形成对话，产生心灵交流。很自然，不会太刻意。”

说是面试，神户主任却一直在大谈猜谜游戏的话题。未名子听得莫名其妙，不知道他究竟想说什么。这时，神户主任突然开始向未名子详细说明其工作内容：

“我想请你做的，就是这样的交流任务。”

说着，他从公文包里抽出一本文件夹，从中取出几张打印的资料，摆在桌上。上面印着密密麻麻的文字，似乎是工作手册之类的东西。他把资料移到未名子面前，用马克笔指着上面的文字，开始进行熟练而流利的说明。看起来，神户主任讲得非常好，具有一种令人钦佩的准确性和诚意。

一对一地给身在远方的陌生人朗读谜题——这份工作的正式名称是“通过定期通话对孤独从业者进行精神关怀与智力共享”，俗称“读题人”。使用这项服务的委托人并非个人，大多数情况下是其所属组织——根据回答谜题的正确率和内容，确认其精神与智力状态的稳定性。

未名子听着这份奇怪的工作内容，心里有些怀疑：这该不会是在开玩笑吧，更糟糕的话，说不定是打着招聘面试的幌子让人注册的诈骗活动……她开始回想，自己是在哪里看到这则招聘信息的——据她所知，那个在线填写个人信息并注册的招聘网站，是一家全国规模的大公司运营的，所以违法诈骗的可能性比较低。但仔细一想，又觉得那上面的海量信息不见得全都有切实的保障。

这项业务基本上是由未名子独自在那霸市的一处工作室里完成。神户主任一边用马克笔在资料上一项项地划出来，一边进行说明：电脑密码是什么，要做哪些事，不能做哪些事，以及如何能更好地完成工作的一些建议……未名子默默地听着。

***

这次新设的工作室只招聘一个人。类似规模的工作室在国内外都有，而且从事这项工作的人员也是遍布各地。至于业务的保密性方面，与一般的公司差不多，但由于使用这项服务的人所处情况比较特殊，所以需求的人数并不多，业务量也不大，不需要巨额资金运作，因此也不太受人关注。

“这项服务在许多国家都有开展，只不过在我国的规模比较小。反正呀，不太可能被利用来干坏事的，没必要太紧张。说白了，就是个游戏而已嘛，猜谜游戏。”

神户主任说完，略带自嘲地笑了笑。

“答题者选取的答案，是他自己的人生的反映。这跟纯粹的自问自答又不同。当听到另一个生活空间的出题者提出意想不到的问题时，答题者内心会产生轻微的动摇和混乱，同时从自身经验的某个意想不到之处寻找到答案。人生中，一些看似无用而被抛诸脑后的，或是不愿再回想起来而埋藏在头脑深处的经验，其实是有其意义的。”

这项业务既不同于企业的语音服务，也不是推销业务。因为是用网络摄像头进行视频通话，所以对方看得到自己的样子。在接通视频之前，未名子并不知道对方是什么样的人。尽管交流的内容仅限于出题和答题，但对方会采取怎样的态度则是无法预知的。未名子回想起来，她以前当接线员的时候，曾多次被人恶语相向。人就是这样，往往会把对方视为敌人，而不管对方是否带有敌意。自己能否跟这样的人进行对话和交流呢？——在听神户主任说明业务内容的过程中，未名子始终无法消除对这份工作的疑虑。

最终，是神户主任的态度使未名子消除不安并获得了信任。神户主任对这份业务的说明——确切地说，是他所讲的每一句话都十分真诚。未名子长这么大，还是头一次遇见像他这样的人，能把一件如此古怪的事情讲得如此认真细致。

“我也知道，这份工作确实非常奇特。”神户主任对未名子坦率地说道，“请不必过虑，不是说今天你听我说明了业务内容就非得答应不可。即使你现在答应，到时又改变主意的话，可以随时联系我，辞掉这份工作。虽然这种个人性质的业务不方便找人替换，但如果你想辞职的话，随时都可以。而且随时都可以请假，绝不会强迫你上班的。至于着装方面，也没有什么特别规定。考虑到要跟别人视频通话，所以资料上也写了‘尽可能避免穿思想性过于鲜明的服装’。不过，只要属于日本社会普遍能接受的范围，就算穿得奇特一点，或穿得休闲一点都没问题。”

说完，他又微笑着补上一句：

“当然，也可以戴眼镜或穿运动鞋。”

从神户主任的说话语气，看不出想努力争取未名子的意思，但也感觉不到那种“人选多得很，你爱来不来”的态度。

“我不戴隐形眼镜。我的视力算比较好的。”

未名子说道。神户主任回答：“在如今这个时代，好视力就是一笔了不起的财富啦。”听他这么一说，未名子才注意到，神户主任戴着的眼镜跟他的体型一样显得沉甸甸的。

神户主任讲话很小心，避免表现出任何攻击性。这让未知子听起来感觉非常安心。

面试结束时，未名子准备结账——她刚喝了一杯柠檬茶，却被神户主任拦住了：

“不用不用，这是面试嘛。”

未名子没试过在咖啡厅之类的地方面试，所以有点犹豫，担心说“多谢款待”反而会失礼或者不符合职场礼仪。她稍微迟疑，随即说了一句：

“那就请您多关照了。”

神户主任的脸上露出了优雅的笑容。

未名子面试完回到家里，当天就接到神户主任打来的电话，说她被录用了。未名子在电话里只问了正式上班的时间和地点。几天后，她收到一封挂号信——里面有事务所的钥匙、简单的业务手册、神户主任的联系方式、合同、回邮信封。收到这封信的那一刻，以及接下来的一段时间，未名子一直犹豫不决：是不是不应该接受这份工作？是不是拒绝为好？是不是应该把钥匙塞进信封里寄回去？

最终，未名子还是在合同上签了字，然后用回邮信封寄了出去。正式上班的前一天以及当天早上，她还给神户主任打了好几个电话，询问些关于“事务所里的什么东西放在哪里”之类的琐碎事情。不过，一个半月刚过，她就已经完全适应了这份工作。看来，这份工作还是很适合她的。

工作室里既没有老同事，也没有新同事，所以既没人教她，也不需要委托或被委托做别的工作，只需要按照自己的速度朗读电脑上显示的问题即可。至于答题结束后的闲聊部分，也不是必需的，而只是因为熟悉业务了才随便聊几句。当然，也没人因此而责怪她多此一举。

***

两人之间的通话，即出题、答题、闲聊几句的流程结束之后，未名子喝完第二杯咖啡，把咖啡机的部件洗干净，随即关掉电脑、空调、电灯和排气扇，锁上门，然后就离开了。

未名子的这份工作，表面上看，和一般的文职人员和电话接线员差不多。神户主任也说过，这份工作在国内外都很普遍。但至于事实如何就不清楚了。其实，未名子至今仍然对此感到怀疑，但却无法验证。世界上有各种各样的公司，其中有的业务虽然并不违反日本法律，但从常人的眼光来看却是相当怪异的。未名子心想，现在自己从事的，也许就属于这样的特殊业务之一吧。诸如此类的，还有私家侦探，代写书信，健康食品的“好评师”（那些吹得天花乱坠的评论往往加入了大量主观感想，就差直接骗人了），以及职业道歉人，尸体防腐处理员等等。

从“日出健康科学中心”旁边的楼梯下去，走出大楼，已是傍晚时分，外面开始吹起阵阵凉风。未名子走进单轨电车站附近的一家超市，买了些切块包装的什锦蔬菜、番茄水煮罐头、一小块真空包装的培根，然后坐上公交车。

未名子住在浦添市内一个叫“牧港”的地方。牧港远离那霸市，甚至比港川更偏远。过去，“牧港”曾经是个名副其实的港口，是商船进入冲绳岛的大门。但自从近代以来，这里河口窄、海滩浅的地理条件不适合停靠大型商船，于是就把港口转移到别处去了。后来又经过填海造地，如今已经面目全非，几乎看不到一点昔日港口的痕迹了。

牧港以前被称为“待港”[1]，这个名字起源于一个关于天然洞穴（Terabu Gama）的传说。这样的天然洞穴在冲绳还保留着好几处，是当地的祭祀圣地之一。然而，在“二战”期间，冲绳岛上的许多天然洞穴都被当成了防空洞，牧港地区自然也未能幸免。到了太平洋战争末期，这些天然洞穴更是成为各种

1　传说中，年幼的舜天（后来成了琉球国王）曾在这里等待父亲源为朝归来，故名为“待港”。

大小规模的集体自杀之地。

未名子打开信箱，看见里面有一张“派送不成功”通知单，此外空无一物。未名子心想，肯定就是那件包裹吧。不知是因为快递员太匆忙还是因为急躁，塞在信箱里的通知单被弄得皱巴巴的。未名子拿着通知单走进屋里。父亲留给她的这套独门独院的老房子本来不算大，但自己一个人住还是太大了。还有些房间闲置着没用。未名子也曾想过：反正这套房子也不是祖祖辈辈传下来的，干脆卖掉它，搬到更方便的公寓去，这样会住得更舒适吧？不过，她并没有特别讨厌这里的环境，而且住这里又比较方便去顺奶奶的资料馆帮忙，所以也没觉得非要搬家不可。

最主要的是，眼下的未名子打不起精神去处理这些似乎无关生死之事。与其去处理卖房子、搬家、考驾照等能让自己生活得更舒适的手续，倒不如每天按照一定的流程生活下去，这样感觉没这么累。未名子放下东西，换了衣服，按那张通知单上写得很潦草的电话号码拨打过去，让快递员重新派送。

电话号码歪歪扭扭的，似乎故意不想让人辨认出来。未名子也担心自己会看错。不过，电话号码输到一半时，通话记录里就出现了同样的号码，大概每次都是同一个快递员来派送吧。

***

未名子把蔬菜和培根各取一半，打开番茄罐头，倒进锅里，就这样放到火上煮汤。然后又拿出冰箱里的面包，也不解冻就抹上黄油，放进烤面包机里。——这样的行为可以叫作“烹饪”吗？把几种现成切好的食材一起扔进锅里煮，这样和直接买汤罐头之类的现成食品又有什么区别呢？花费的钱和时间都差不多吧？未名子一边想着，一边盯着锅里咕嘟咕嘟冒泡的汤。

未名子给房间通风，把外面晾的衣服收进来……大概做完家务，正吃着晚饭时，那个重新派送的包裹到了。包装箱的尺寸跟往常的一样大，而重量却很轻，似乎是谁故意搞恶作剧而寄来的。未名子一如往常地忍住笑，收下包裹。本该和她一起分享这“恶作剧”的快递员却面无表情——或许是已经对这种事情见怪不怪，又或许是急着要去派送很多别的快递，他拿起未名子签名的底单就走了。

未名子把那个崭新的、印着购物网站标志的纸箱打开。纸箱底部的纸板上，用塑料薄板固定着六张包装好的内存卡——和往常一样。未名子没拿剪刀，直接用手把它们一个个扯下来，拆开包装袋，摆放在客厅桌上。那位闷闷不乐的快递员匆忙送来的大纸箱里，就装着这些像指甲盖儿一般大小的塑料片。纸箱表面有点潮湿。快递员之所以闷闷不乐，也许是因为马上要刮台风了吧。对于这样一连串可笑之事，世上大多数人都只能摆出一副习以为常的面孔应付过去。

未名子跑到厨房，从碗柜的抽屉里取出两个盒子，摆在客厅桌上。两个盒子一样大，跟一本书的大小差不多。从盒子上印着的图案来看，原本应该是用来装糕点的。其中一个盒子是鲜明的黄色，上面清楚地写着一款烤制糕点的名字，旁边还有“地名 + 名牌糕点”的字样，可能是别人送的特产吧。

另一个盒子上印着日式的彩色印花图案，可能装过米果，但未名子不太记得了。

未名子打开黄色盒子的盖子，里面放着几张内存卡。她把其中一张取出来放在桌上，并把今天刚收到的六张放进盒子里，认真盖好。然后，她又小心翼翼地打开另一个盒子。这个盒子里也装着跟刚才那个盒子里一模一样的内存卡，差不多有半盒那么多，大概有几十张吧。未名子把刚才放在桌上的那张内存卡插入手机，替换掉手机里的旧卡，然后把换下来的旧卡插进读卡器，连接到桌上那台一直打开着的笔记本电脑上。

屏幕上出现了许多用手机拍摄的照片，以播放幻灯片的形式一张张地显示出来——有花纹的碎布片，一页日记，写在报纸边角的笔记，罐头标签，贴在公共告示牌上的新闻，破裂的酒杯，磨去棱角的圆石……每一张照片都注明了采集自何处，如果是采访记录则注明采访对象是谁——这些信息都整理归纳到资料馆的索引里。

未名子浏览过一遍后，从读卡器取下内存卡，放入打开的盒子里，认真地盖上盖子。她知道：这两个盒子，必须用完一个，盖上盖子，再打开另一个，否则，万一不小心把里面那些一模一样的东西倒出来混在一起，那就麻烦了。未名子像进行某种仪式一样按顺序完成各项步骤，最后把两个盒子叠起来收进抽屉里。

奇怪的闯入者

面试的时候，神户主任曾说过这份工作“听起来似乎不太体面”。未名子在规定时间到一个“听起来似乎不太体面”的地方工作，在家里只做生活所需最低限度的家务，偶尔看看书，去超市或购物网站买一些生活必需品，其余时间则大多在“听起来似乎不太体面”的资料馆里度过。

资料馆的工作没有尽头，正如现实本身没有尽头一样。整理索引的流程是这样的：完成修补工作之后，就进入下一步骤，把按照某个规则摆放的资料拆散，然后又按照另一规则重新归类组合，这样不断地重复下去。按照各种要素改变归类组合方式，各种信息之间就会逐渐产生有机联系，被分开之后又会与别的项目联系起来。

资料馆里保存着从冲绳当地人那里收集到的各

种信息。从现在来看，这些信息的可信度并不特别高。尽管信息都是由顺奶奶收集来的，但受访者口述的记忆和主张会随着时代不同而不断发生变化。既然记忆会随时间而发生变化，那么它的可信度就随时处于动荡的状态。不过，这些资料究竟是真实记录，还是有所歪曲？甚至从一开始就是假的？——需要绞尽脑汁去思考这些问题的，是各个时代的研究者。作为资料收集者，只需要尽可能地收集资料即可。顺奶奶和未名子都是这么认为的。

未名子对资料进行确认，有时还要一边修补资料一边把确认日期记录下来，贴上标签，证明这份资料在这个时间点确实保存在这里。未名子并非专门的研究者，所以不能想当然地往资料里加入自己的见解。不过，文化是会变化的，包括河流、山林、海岸线等各种事物都处于不停地变化之中。未名子不会加入自己的意见，但会把发生的新变化另外写出来，附加到之前的记录里。无论信息增加多少都没关系——判断它们是否有用并进行取舍的，是每一位研究者的任务，而与顺奶奶和未名子无关。

除了资料索引之外，资料本身的老化也必须留意。无论怎么修补，一件物品只要长期放置就会产生老化，从而导致里面的信息逐渐减少。当人们说出某个“现在”最新信息的那一刻，其实这个信息就已经不是“现在”的了。同样地，资料馆里的所有物质包括纸、布以及纸上的文字，都经历过了无数个“现在”。

未名子像往常一样把索引查到的资料逐一用手机拍照保存。虽然没有专业的摄影器材，拍摄技术也很一般，而且也不知道这些东西将来有没有用，但未名子还是觉得：拍照保存起来总比任其自生自灭好多了。至少，这座资料馆里的所有资料只要转变成电子数据，就能存入糕点盒装着的那些芯片里。

***

一看天色，就知道台风已经临近。最近几天，电视、报纸、网上，各处的气象节目都在报道“双台风”即将来临。这个时节的冲绳岛，遭受双台风袭击也并不是什么稀罕事。

不过，在台风来临前，有些地区会出现暴晴、酷热或突然变冷之类的反常天气。近几年，气象预测技术越来越先进，除了特大台风之外，店铺都照常营业，还可以在第二波台风到来之前处理完事情。

而在以前，在两次台风的间隙，人们会根据自古以来的经验预测第二个台风即将临近，于是就躲在家里闭门不出。台风来临之际，即使对房屋维修整理也没什么意义，而且在从前主要依靠骑马或徒步出行的时代，面对如此恶劣的天气也无法采取什么行动吧。

从久远的古代到今天，这座岛一直遭受着许多艰难困苦，台风也是其中之一。每次台风来，白天就别想出门，而夜晚则因为狂风呼啸而无法入睡。

所谓台风，其实就是一团巨大的低气压，而人则跟一个装满水的袋子没什么两样。所以，在气压的影响下，人的身体和精神状况都会逐渐变得异常。强风和低气压持续撼动着人身体的内部和外部。

这座岛上的居民，一年中有相当长的一段时间会受到这种折磨，甚至有人把这种感觉形容为“像炸弹源源不断地从天而降”。不过，未名子没见过炸弹降落时的景象，无法对这种说法表示赞同或反对。

尽管台风很少会像炸弹那样把建筑和人体“炸得”粉身碎骨，但经常破坏广告牌、树木以及其他物品。如果说炸弹是由于炸弹制造者的恶意或持有者的丧心病狂而引发悲剧的话，那么，台风则是直接作用于人的情感而令人惊慌失措。

过去人们曾经认为，在台风时节，重大事故和案件会频繁发生。这一带上了一定年纪的老人，至今仍然坚信台风会使人做出行凶之事。

台风肆虐后，出来收拾乱摊子的总是岛上的居民。台风属于自然现象，所以人们也对其无可奈何，但接二连三的善后工作却会造成严重的精神负担。有些人会觉得自己的努力毫无意义，从而导致精神失常。而大多数人们在每次台风刚过、被气压折磨得身心俱疲的那段时日也是如此。

无论是台风还是炸弹肆虐之后，想要把乱七八糟、面目全非的城市恢复原状时，需要借助一些原来的资料。即使人们还记得原先的模样，但在遭到严重破坏之后，如果缺少某些提示的话也无法复原。即使去询问那些在此居住多年的人，他们往往也会因为身心正遭受折磨而无法记住许多细节。

记录信息的资料可能已经被台风吹走，还有很多信息也没有记录下来。所以最终只能依照着那份经过怀旧之情美化的记忆，努力使其恢复原状，同时对文化进行含混不清的修补。未名子觉得，这座岛上的大多数景观都是这么形成的。

***

注册名为 Gibano 的这个男人，在未名子的所有视频通话答题者当中，是日语说得最差的一个。

Gibano 是一位中东或中亚的青年，面部像精雕细刻的石像一般棱角分明，黑色头发总是剪得短而齐，脸上的胡子刮得干干净净，眉毛也是修剪过的——这些都给人一种与严肃的背景格格不入的洁净之感。

他总是穿着一件笔挺的蓝灰色西装，在浅黑色皮肤的映衬下十分显眼。未名子由其衣着推测：Gibano 可能是一位被调到偏远地区工作的、不得志的公司职员。

Gibano 那边摄像头映出的背景，具有一种类似于混凝土的质感。跟其他答题者相比，这种环境让人感觉尤为险恶。看着这背景，未名子不由想起曾在电视新闻上看到过的一个满是灰尘的密室——国外某位激进派领导人就是在那里被发现的。

Gibano 把自己所在之处称为“避难所”，还标榜说：“这里，战场中心，但却是世界上最安全的地方。”背后那面墙看上去确实挺结实的。

他的摄像头角度调得稍有点向下，让人难以看到周围的环境。如此一来，摄像头就拍到了铺在地板上的印有美丽花纹的地毯。这块地毯比较小，看样子不像是用来躺卧休息或坐在上面逗小狗玩的。

“外面，全部被烧成荒野，全都烧光了，这里也没事。”

Gibano以自己的人身安全来介绍他的“避难所”，而且还把自己的生活状况放到网上，向全世界发布。未名子问他：

“我们的通话也会发布出来吗？”

Gibano笑着回答：

“No，还没到你登上世界舞台的时候。可能，永远都没机会。”

Gibano所在的地方可以向外界发送信息，但是双向传输却受到一定限制。他的日语好像是临阵磨枪学的。

Gibano的答题水平也跟他的日语一样，明显地表现出有的领域擅长，有的领域不擅长。就连只是负责读题的未名子也能看出来，他的知识结构存在偏差。在他擅长的几个领域，知识量甚至不逊色于Vanda。这种程度的知识偏差，也许世界上的每一个人都会有吧。对于未名子而言，根据答题者的知识偏差来推测其人生也是一种乐趣。

Gibano 看样子是一名仪表整洁的公司职员，但对于生物和哲学领域却非常熟悉，尤其是对于世界各地的动物与人文方面的知识如数家珍，知道很多百科辞典或图鉴上查不到的“活知识”。

不过，在未名子看来，Gibano 所在的“避难所”是如此密不透风，恐怕连一只虫子也爬不进去吧。

***

说起“给身在远方的某个人出题”这份工作，一天最多只需要跟两三个人通话而已。所以，如果没发生什么大问题的话，比一般的工作时间要短得多。而且工作室只有自己一个人，通话结束后就可以直接回家，不用顾忌任何人。未名子觉得这一点非常方便。

虽然偶尔也会遇到像前几天 Vanda 那样临时改变日程的情况，但如果自己腾不出时间，也可以拒绝——正如神户主任承诺的那样。基本上是每周去三四次，每次时间都很短，只要在工作室里跟人视频通话就行。

虽然工资不算很高，但对于不需要在外面租房的未名子来说，已经足够日常生活开销了。因此，她对这份工作的各个方面都很满意。

未名子读的题目，并不是电视上经常播放的时事、明星八卦那种娱乐性较强的东西。即便如此，与各种各样的人分享各种知识也完全算得上是一种娱乐，绝不会感觉无聊。即使是自己不懂的题目，也可以根据屏幕上的答案判断对方的回答是否正确，对方回答错误时屏幕还会显示出解释。

看着这些解释，未名子觉得自己也学到了知识，这是值得高兴的事。而且，答题者还知道很多自己所不了解的丰富知识，与他们进行浅尝辄止的交流十分愉快。而这些答题者之所以使用这项服务来进行视频通话，肯定也是为了获得这一点点简单的情感交流吧。

未名子由此感觉到，自己其实也和他们一样孤独。总而言之，她喜欢这份工作。

未名子把便携式音箱的音量调小，一边放音乐，一边晾衣服，打扫卫生。没想到，台风临近的时候竟然有这么多家务活要提前做好。在她出生以前的年代，生活在这里的人要做的台风措施想必更加麻烦，更加辛苦吧。

她现在播放的，是前几天在读题时知道的北欧电子音乐。工作结束后，用手机查一下，就能轻而易举地搜到题目中出现的音乐人。自从未名子担任读题人的工作，长期用来拍摄资料的手机的使用范围也逐渐扩大了。

未名子心想：社交平台上那些类似于私人日记一般的影评、书评以及星级评分，也不知道是出自何人之手。与其相信他们的推荐，倒不如从自己读题时或与答题者闲聊时提到的电影或书里选一些感兴趣的，回家后自己找来看——这样感觉内心更充实。

毕竟，未名子既没有可以互相推荐书或电影的好朋友，也从来没注册过社交平台。

就这样，未名子通过读题的方式了解到许多新词语，了解到遥远国度的某艘大型客船的名字和这艘船发生的悲剧，以及它引发的社会运动；了解到自己从未吃过的某种食物，了解到动物的某个本能行为的正式名称……这些知识被未名子逐渐吸收，一点点地渗透到她生活的各个方面。

回过神来，未名子才发现屋子里回响着大风刮在外墙上的“呜呜”呼啸声。听着这从小就听惯了的声音，她意识到台风即将来临。这很可能是双台风的第一波。未名子一边把晾在外面的衣服收进来，一边想着资料馆那边——顺奶奶的身体还好吗？那栋老房子不要紧吧？

顺奶奶每天来资料馆是靠女儿阿途开车接送。有时碰上天气太热或者天气不好，她就不来。最近，顺奶奶没来的日子逐渐增多。刚开始那会儿，顺奶奶或阿途还会给未名子打电话，告知说今天资料馆不开门。

后来，未名子根据前一天的天气和顺奶奶的身体状况进行推测，觉得她可能不来的话，自己就不过去了。——基本上每次都猜对了。

这时，未名子突然想到一个问题：用来猜谜的题目是怎么来的呢？在全世界各个地方，这些题目被未名子以及很多读题人读出来，然后又被很多人回答。在她的印象中，从来没有出现过重复的题目。

题目好像完全是随机的，想必不可能给每个答题者专门出一套题，那么肯定是在某个数据库里保存有大量的题目吧。不知是有人专门出题呢，还是像神户主任之前所说的像从前那些广播节目那样另外征集题目呢？

又或者，说不定有这么一个公式，只要输入充当答案的单词，就会根据爬虫数据抓取来的搜索结果自动生成题目。回想一下，那些题目几乎都是由几个单词组成的，所以也未必不可能。只需要一个简单的搜索引擎和一个坚实而丰富的数据库，就能实现。

这时，沉甸甸的雨滴开始敲击在墙壁上。在响彻屋外的各种嘈杂声中，未名子陷入漫无边际的遐想，然后不知不觉地睡着了。

***

第二天早晨，大风已经完全停歇。空气清爽澄澈，窗外阳光灿烂。看这样子，家门前的柏油路肯定已经干了。雨和云一类带有湿度的东西全都被大风吹跑了。这是台风刚过的典型天气——当然，今天只是夹在双台风之间的、爽朗的短暂晴天而已。

未名子心想：反正很快又会下大雨的。她伸手去打开一楼的窗户，想给房间通通风。

这一瞬间，未名子差点惊叫起来——她拉开窗帘时，看见院子里蹲着一个浑身长毛的庞然大物，好像是个什么动物。

未名子没有养过动物。可能以前养过些金鱼、蝴蝶之类的小动物，但那是小时候的事了，现在已经记不太清楚，就连为什么开始养、后来又怎么死掉的都忘得一干二净了。

未名子对动物不感兴趣，从来没有主动去过动物园，对于大型动物的了解也仅仅局限于图鉴上看过的知识而已，碰到路上有人遛狗也认不出是什么品种。

眼前这个庞然大物，屈着腿，脸部好像埋在身体里了，看起来就像一个浑身长毛、卷成一团的东西，分不清哪头是屁股，哪头是脑袋，体型比未名子至今见过的最大的狗还要大得多。既然不是狗，那到底是个什么动物呢？她站在屋里看了半天，也没看出个究竟来。

一开始，未名子甚至分辨不出院子里的这个庞然大物是死是活。看了好一会儿，才知道它还活着——因为它的身体一直不停地微微鼓起来又缩下去，像是在呼吸。

未名子从檐廊走到院子里，向那个动物靠近，没见它有要逃跑的意思。是睡着了还是有什么伤病吗？未名子走到伸手可及的地方，只见它那长着褐色短毛的身体上沾满了泥，还有枯叶和垃圾。

它大概是被台风刮得迷了路，所以才闯进院子里来躲避风雨的吧。未名子伸手为它拂去身上的小叶片。那个动物也许是感觉到旁边有人，姿势开始慢慢变化，竖起两只与身体不成比例的小耳朵，抬起头。

未名子在头脑中搜寻着自己所了解的动物知识——从体型来看，像是一头比较小的熊，也有可能是山羊或驴，又或者是鹿？好像野猪也有这种毛色的……这样的体型大小应该是哪种动物呢？未名子无法为眼前这个动物对号入座。

比汽车小，比自行车大。不知是肉食动物还是食草动物，性情是否凶猛，是野生的还是有人驯养的……未名子对自己的观察结果毫无信心。

她站在旁边打量着这个动物，仔细观察，发挥想象：它是不是受伤了？生病了？累了？快死了？……可是既然连它是什么动物都不知道，伤病什么的就更无从猜测了。不过，光看外表的话，并没有伴随出血的严重外伤，也没有掉毛、痛苦挣扎等异常现象。

但一般来说，野生动物见到人类靠近会逃走，至少也会保持警惕或进行威吓——这点常识未名子还是知道的。如果不是有什么特殊状况，恐怕不会像现在这样一动不动地蹲坐在这里吧。

未名子本来想把它带到派出所，但现在得赶着出去上班。她犹豫了一会儿，最终还是决定不管它。几乎纹丝不动的动物，不知所措地呆站着的未名子，而头顶上的云朵则像快进的电影画面似的迅速流动。虽然蔚蓝的天空还是一片晴朗，但到今晚深夜时又要变天了。天气预报里所说的双台风的第二波即将到来。

双台风的行进路线通常是完全一样的。不过，白天天气这么好，就让它待在院子里休息一会儿吧。等它养足精神，说不定就会自己回家去。

未名子突然想到，至少要给它点儿水喝。于是跑到盥洗室用脸盆接了些水，放到它旁边，然后就急忙收拾东西出去上班了。

去警察局

“你是说，有个动物，误闯进你家院子？”

跟往常一样结束了出题和答题之后，未名子在闲聊中顺便向Vanda提起这事。Vanda像逐一确认每个词的意思似的把她的话复述了一遍，然后问她：

“是什么动物呢？”

未名子回答：

“我也不知道，因为我没怎么近距离看过各种动物……当然，小猫小狗这些倒是认得的。至于黄鼠狼、小熊、野猪之类，我就完全不认识了。刚才急着出门，没时间慢慢观察，而且它又缩成一团，连脸都没看清。”

“那动物很大吗？”

未名子隔着屏幕就能看出来，Vanda 的绿眼睛里显然充满了好奇。他对未知事物的兴趣是显而易见的。

“就算是大型犬，我也没见过那么大的。”

“叫声是怎么样的？”

“我在家的时候，它没叫过。不过也有可能因为昨天夜里大风大雨，我没听见。”

“它长着翅膀吗？”

“没有，它不是那种动物。日本应该没有那么大体型而且还会飞的动物吧。”

“你说它缩成了一团？”

“是的，所以我没看清楚它的腿长不长，身体壮不壮。”

未名子认真地一一回答。Vanda 听完舒了一口气，往后靠在椅背上，愉快地沉思起来。看那样子，仿佛就像拿到了一道压轴的附加题。

未名子小声埋怨道：

“这事一点都不好笑。”

“啊，不好意思。”

脸上还带着笑意的Vanda故作慌张地道了个歉，然后说道：

“按我个人理解，你今天回去时，如果那个动物还在院子里的话，就说明它跟你很亲近，或者接下来不久就会跟你很亲近。”

听Vanda这么一说，未名子忽然想道：自己好像还从来没有跟别人或动物亲近过呢。

“有一种观念叫图腾信仰。有的是以一个地区或族群为单位，有的则是个人性质的。图腾就是保护、守护这些人的某种存在之物。图腾的形象可以是野兽、鸟、鱼等动物，也可以是植物。集体图腾信仰还涉及思想统制等社会学概念，与个人的精神守护相关的动物，涉及心理学领域。”

“你是说，我看见的那个动物是幻觉？”

“不，我不是这个意思。我想说的是，当一个形状难以辨别的动物出现在眼前时，人们会将其视为什么东西呢？比如说，生活在北方冰天雪地里的人，生平第一次见到河马时，可能会将其视为守护神。至于这种动物是可怕的敌人还是朋友，或者能否作为食物，都没太大关系……”

未名子心想：那个浑身长毛的庞然大物——那个和我完全没有任何交集的野兽，怎么可能会跟我亲近呢？我甚至连怎么跟人打交道都还没弄明白呢。

“如果它还在院子里，下次视频通话时一定要告诉我后续的情况哟。”

Vanda 特意叮嘱了一句，然后才结束通话。

***

另一位答题者 Gibano，听了未名子的讲述之后更是羡慕不已，兴奋地大声说道：“我好想看看你家院子里的那个动物，摸摸它的背。”

未名子原本就对动物不太关注，也从来不感兴趣，只是在沉闷的闲聊中随口说到这个来历不明的动物而已，想不到 Gibano 会突然变得如此激动，如此羡慕。未名子十分惊讶，看着屏幕里兴高采烈的 Gibano，一时不知该怎么回答。

“草原，比日本人想象中的，大八千倍！”

Gibano 开口说道。他是在草原上出生、长大的，从小就过着放牧、骑马、烹羊宰牛的生活。在 Gibano 住的地方，一起生活的动物比人还要多得多，所以和日本不一样，经常会有迷路的动物闯进人家家里，然后就这样住下来。那里肯定还有很多动物是未名子闻所未闻、见所未见的。说起来，未名子甚至不记得自己骑过什么大型的动物了。

“既然有动物闯进你家院子里，那为什么没有这样的动物肯来我这里呢？”

Gibano 似乎表现得过于激动了，情绪也从幻想转为苦恼和沮丧。

未名子感觉到自己的生活是孤独的，但却从未想过要饲养动物来排遣孤独。所以，她很难理解 Gibano 为什么如此焦躁不安地渴望与动物——显然是与人以外的动物做伴。未名子知道，现在哪怕一只小羽虱都能成为他的好朋友，可他所在的“避难所”却是如此密不透风、如此安全，无论什么动物都爬不进去。

听着 Gibano 的话，未名子心想：突然出现在自家小院子里的那个动物，如果今天能阴差阳错地去到 Gibano 身边就好了。既然这是一个发生在自己身边的错误，那同样也可以发生在 Gibano 的身边呀。

从小就不喜欢跟人打交道的未名子，却隐约而切实地觉得身边仅有的几个人全都是很重要的人——顺奶奶，神户主任，还有几位视频通话的答题者。

此刻，未名子才第一次意识到：他们伤心的时候，自己也会觉得难过，即便彼此之间没有什么密切的情感联系，他们也仍然是自己很重要的人。

未名子对 Gibano 说道：

“我不太了解动物。如果那个大块头的动物还在院子里，我根本不知道应该怎么办。请你教教我可以吗？当然，它有可能已经走掉了。”

Gibano 略做思考，随即对未名子说：

“下次，如果发生同样的事情，可能用得上。”

然后，就把几种靠近动物的方法告诉了未名子。未名子虽然觉得同样的事情不会经常发生在自己身上，但还是认真地听他说。听着听着，未名子忽然发现，在这短短的几分钟里，Gibano 的日语竟然奇迹般地进步了，变得相当熟练。

“摸嘴巴部位很危险。草食动物和肉食动物，牙齿不一样。肉食动物会攻击人，草食动物受到惊吓时也会咬人，以保护自己。肉食动物用牙齿来撕咬，草食动物则是每天用牙齿磨碎很多叶子，能量十足。有力的下颚，坚硬的牙釉质，是草食动物最强大的武器。

“草食动物的牙齿能咬碎人体组织，危险，非常危险。而且还会感染，治疗很麻烦，非常危险。一旦咬伤，比肉食动物更严重。”

未名子一边听着，一边皱起眉头，确认一下手指尖的感觉是否还正常，然后悄悄祈祷今后不会用到这样的知识。

***

也许是 Vanda 和 Gibano 这两位认真而又真诚的朋友所说的话传到了那个动物的耳朵里——未名子下班回到家时，看见它仍然蹲坐在暮色渐沉的院子里，跟早上一样的位置，连姿势都没变过。

它赫然蹲坐在原处，仿佛用尽全身力气向未名子倾诉：你今早见到的不是梦境，不是幻觉，当然也不是眼花看错！

未名子看了一下今早出门时放在它旁边的脸盆，发现里面的水少了一半。脸盆也没有倒。由此看来，只要这家伙不是故意把水洒掉的话，那就是喝掉了。

看样子，它至少还活着。跟早上差不多，说明它的身体并没有变得很虚弱，但也不见得比早上更有活力。

Gibano今天也说过：这个动物如果身体状态良好的话，看见陌生人靠近时肯定会逃走的，至少也会保持警惕。而且，又不是被锁在院子里，这一整天时间，它应该会回家才对，而不可能一直待在这里。未名子虽然对动物习性一无所知，但也能明白这一点。

没被绳子拴着的动物，一般情况下都会尝试走动的。眼前这个动物一动也不动，说明可能另有原因。而且，看样子也不像Vanda所说的是因为喜欢这里或喜欢未名子。未名子看着这个似乎不打算逃走的动物，略做思考，然后从院子绕到屋后，向库房走去。

在昏暗中，未名子摸索着从钥匙串里找出其中一把，想插入锁孔，却插不进去，可能是因为很久没用而生锈了。那扇门纹丝不动，大概是忘记了自己原本的职责就是要打开来为人们收纳杂物的。直到被未名子用力摇晃几次之后，它才突然像回过神来似的，一下打开了。

库房里空荡荡的，东西很少。未名子的父亲平时并没有鼓捣什么园艺或木匠活之类，家里也没有购置帐篷、遮阳伞和钓具，尽管海滨浴场离这里不远。不知是未名子的父亲本来就如此，还是因为女儿对这些东西一概不感兴趣，所以做爸爸的也就这么一路过来了。不过，对现在的未名子来说，是哪种情况都无所谓了。

库房里有一辆很占地方的平板车，不记得从什么时候开始摆在这里了。平板车上放着蓝色塑料布，应该是过去刮台风时用过的。这么大一辆平板车放在自己家里，未免很不协调，这让未名子觉得有些困惑。

究竟用它搬运过什么东西呢？如果用来载人的话，差不多可以站上去五六个人。这么大一辆平板车，推起来肯定很费劲。未名子一边想着，一边用手拍打着车上那块满是灰尘的塑料布，然后抱起来走进屋里。

未名子把父亲房间里的几个纸箱收拾起来，把塑料布铺在地板上。做完这几步就已经花了半个钟头。未名子满头大汗，汗珠沿着下巴直往下掉。不仅是屋外，就连屋里的温度和湿度都逐渐升高了。

双台风的第二波即将来临。未名子又来到院子里，走到那个浑身长毛的动物旁边，脱口而出地说了一句：

"进屋里去吧。"

当然，稍为冷静地想一想，就知道对方不可能听懂自己的话。那个动物身上大概相当于耳朵的部位轻轻地动了动。未名子走到没看见头部的另一边——她猜测这边可能是屁股，随即轻轻地摸了一下。毛很硬，湿漉漉的，毛与毛的间隙里沾着泥巴，摸起来很粗糙。

未名子一开始有点战战兢兢的，然后手上逐渐用力往前推。这时，那个动物的姿态发生了意想不到的变化，似乎是脸的部分伸到了蹲着的未名子头顶上。未名子仰望着它。那个动物缩成一团的身体下面，是弯曲着的长腿；脖子伸到身体上方，脖子前端出现了长长的鼻子；从头部披散到脖子后面的，是长长的鬃毛……

未名子虽然对动物知之甚少，但这时也立刻辨认出眼前这个站起来的动物是什么，因为她曾经在资料馆的旧照片上看见过这种动物——

“宫古马。”

***

这种马原产于冲绳，据说体型比英国纯种马小很多，而且跑不快。但即使跑不快，未名子也没想到它居然会这么老实，没有绳子拴着，却能在这个几乎伸手就可触及篱笆墙的小院子里一动不动地待上一整天。虽然没看见明显的外伤，但也可能是身体状态不佳。

不过，就算未名子有过长期养猫、养狗的经验，也没法给这种特殊动物看病。

未名子迟疑了一会儿，随即用不那么大的力度拍了拍马背，帮它慢慢地跨上檐廊，战战兢兢地把它推进父亲的房间里。马呢，并没怎么乱动，而且经过门框时竟然还低下头去，气定神闲地走进未名子父亲住过的房间里，仿佛一副无动于衷的模样。

未名子给马擦身子，足足用掉家里的六块浴巾，每块浴巾上都沾满了泥巴和枯叶。她也忙得汗流浃背。她喘着气，心想：今晚洗完衣服之后得开烘干机才行。暂时不能把衣服晾到外面了，因为台风马上就要来临。

“今晚就在这里凑合一下吧。”

未名子说着，把换过水的脸盆放到马跟前。马立刻将嘴巴凑上去，开始“啪嗒啪嗒”地慢慢喝起水来。

未名子掏出手机，查找马吃什么饲料。在购物网站上一搜，弹出来几种牧草产品。再输入 Gibano 说过的几个关键词进行搜索，选购了几件养马急需的物品——比如牧草不够时喝的营养剂，以及据说不会勒伤动物身体的缰绳。

不过，虽说购物网站上什么商品都能找到，但却不见得能在两波台风的间隙送上门来。这一带平时送货就慢，要想今天或明天送货，恐怕更难。

“是不是应该取消订单为好？”未名子犹豫了一会儿，这时她想起 Gibano 说过的那句“下次，如果发生同样的事情，可能用得上”，于是就没有取消。

接着她又随便浏览了几个网站，比如关于动物园、牧场的网站。然后，在冰箱和家里其他地方到处翻找，找到之前吃剩的什锦蔬菜，放进碗里，摆在那个脸盆的旁边。马并没有吃。未名子心想：只要放在它面前，饿了自然就会吃吧，再说了，反正就一晚上，不吃估计也没事。

未名子一边洗澡一边暗自思忖：等暴风雨过后就把马送到派出所去。洗完澡出来，发现马已经四脚弯曲地伏在地上，像在院子里那样把下颚贴在胸前睡着了。未名子用一小块运动毛巾擦干头发，敞开门，站在房间外打量着这匹在父亲房间里睡觉的马。

未名子的父亲生前除了睡觉以外，从来不待在自己的房间里。未名子也很少进来。自从父亲去世后直到今天，她才进过这个房间两三次，都是打扫卫生。

她把房间里的杂物推到一边，收拾好地面，把马安置在这里。看着蜷成一团的马，她有点怀疑自己的眼睛，觉得是不是哪里搞错了。

这匹马究竟是从哪里、因为什么，而在暴风雨中跑到院子里来的呢？会不会是谁家养的马走失了？未名子毫无头绪地胡思乱想着。——有可能是马棚或栅栏坏了，它才逃跑出来的。对马的主人来说，一匹马也算一笔不小的财产了。就存在感而论，走失了一匹马和一条狗是不可同日而语的。

此刻，它的主人一定心急如焚地到处寻找吧，说不定还报案了。未名子虽然不清楚马一天能跑多远，但可以推测：它如果走大路的话，未免太过引人注目，恐怕还没到这里就被人抓住了，所以应该住得离这里不太远。

未名子听顺奶奶讲过，冲绳各地以前曾经有过很多赛马场。当然，顺奶奶那时还是个年轻而有活力的研究者，还没搬到这里来住，所以这事也是她从爷爷奶奶辈的老人口中听来的。

为什么后来赛马场消失不见了呢？直接原因并不难猜——这座岛的各个地方在战争中被夷为平地，所以只能从废墟开始重建。关于战争时期的赛马情况的记录语焉不详，只有一些凭记忆写下的资料。时至今日，这附近一带别说赛马场了，就连马也难得一见。

***

一想到要把这匹马送去派出所，未名子就觉得心情有些郁闷。她原本就不太喜欢警察——就说打招呼吧，警察深信不疑地认为声音要洪亮清晰才是最好的、最有价值的——未名子从小就不喜欢这种人。当然，还有更重要的原因，是发生在顺奶奶的资料馆里的一件事。

有一次，未名子在资料馆帮忙的时候，派出所的警察进来了。警察并没有明确地说明为什么而来，有可能是附近的居民报了警。

顺奶奶不是岛上土生土长的人，而是有一天忽然来到这里，向当地人询问过去这里发生的事情，有时甚至还会刨根问底地追问一些人们不愿意回忆的痛苦往事。当地人对于开设了资料馆的顺奶奶有什么看法，未名子大概也能猜想得到。

资料馆就像一座由冲绳岛的悲剧沉淀、凝固而成的垃圾屋，对于它的存在，当地人又是怎么想的？——未名子从小时候直到现在都尽量不去考虑这个问题。

那次，警察来到资料馆，看到正在帮忙的未名子。他那一瞬间的表情，未名子至今还记得很清楚。

“喂，你在干什么！”警察大声问道。在未名子听来，这句话仿佛是在指责和批评自己，顿时吓得她头脑一片空白。当一个十五岁的小孩被警察质疑在这种地方干什么的时候，感觉就像被人发现正在做什么亏心事似的——当时的那种窒息感此刻又涌上心头。

后来警察好像还找父亲问过话，并提到为什么没让她去上学。未名子不记得父亲当时是如何应对、如何解决的，也不记得父亲跟她说了什么。不过，后来她还是可以照常去资料馆，想必事情并没有闹大吧。

现在常驻派出所的已经不是当时那个警察了，但未名子担心：这么牵着一匹马上门去，无论哪个警察都会不知所措的，甚至会因为怕麻烦而面露不快。

未名子让门敞开着，正要离开父亲的房间时，转念一想，又觉得在这个暴风雨的夜晚不能把马孤零零地留在房间里。外面已经刮起大风，而且好像开始稀稀落落地下起雨来了。未名子坐在房间角落的纸箱上，心想：今晚就坐在这里眯一宿吧。

她看着蜷成一团的马背，向着那肋骨隐约可见的褐色身体喃喃说道：

“等明天一早天放晴了，你就自己乖乖地离开这里吧。”她尽量压低嗓门，以免听起来像是在念咒语。

***

凌晨天还没亮时，雨就已经停了。见天公作美，未名子不由松了一口气。她想尽早把马送到派出所去。因为今天还要去资料馆，所以想快点处理完这事。而且，第一次牵马上路，当然是趁路上没人的时候最好——一来是怕马见到车辆受惊吓，另外，她也不愿意在众目睽睽之下牵着这样一个庞然大物在路上行走。

未名子推了一下马，随即又在它身上“啪啪”地拍了拍。马这才慢慢动起来，从院子的篱笆旁出了门，被未名子推着慢吞吞地往前走。未名子心想：要是它半路逃走，那么就对派出所的人照实说好了。不过，尽管没被绳子拴着，但马还是走走停停地朝未名子指的方向前进。

朝阳还未升起，路上散落着昨夜被暴风雨打落的树枝和落叶，还有各种不知从哪儿刮来的碎片。未名子和马沿着道路向派出所门口的招牌和红色照明灯走去。

她平时很少跟别人一块儿行走，此时却跟一匹只是偶有耳闻的宫古马一起走在熟悉的路上，这种感觉颇为奇特。她发现，大块头的动物走路时会发出各种声音——一路上，她身边不停地传来马的呼吸声、脚步声和毛发摩擦声。

派出所里有一位比未名子大十岁左右的警察。之前有没有见过这个人，未名子也不太记得了。或许是刚值完夜班的缘故，警察的神情似乎有些呆滞。他看了看未名子和一旁的马，用睡意惺忪的声音说道：

“咦，这马，怎么回事？”“它误闯进我家院子里了。我猜想，它的主人正到处寻找它吧。”

未名子说完，警察又问道：“啊？这可不好办……什么时候的事？”“昨天……我早上起来的时候，它就在那儿了。在前几天的台风和昨晚的台风之间。”“哎呀，这事可不太好办。怎么办呢？你要是提前说一声也好呀……”

未名子本来想说：“我还不是一样，这马不也没打招呼就闯进我家院子里来了？害得我手忙脚乱的。”但她还是把这话咽了回去，接着说道：

“这马这么不怕生，大概是谁家里养的吧。”“可能吧。这附近哪会有真马呀。”

未名子知道他所说的“真马”是指野生的马，但听起来还是觉得别扭，心里嘀咕道：莫非你认为站在眼前的是一匹假马不成？

“它身上又没有挂着识别牌，什么线索都没有。”

“哎呀，要是宠物狗在台风天走丢了，倒是有过主人来报案的；但是这马呀，就不知道该怎么办好。这下可麻烦了。”

警察一边反复念叨着“这可不好办”“要给它喂什么吃的”“怎么拴住它”“哎呀真麻烦”，一边跑到里屋拿出一捆绳子来，套到马脖子上，把它随便拴在了停车场。未名子见状有些担心，但是那马也不闹，老老实实地任绳子拴着，一动也不动。

警察递给未名子一份文件，让她填写姓名和联系方式，然后说“有什么情况会联系你”，就让她回家了。未名子回到家，打开洗衣机洗衣服，随即又冲了个澡。冲完后，她突然感到全身疲惫，于是就打消了去资料馆的念头，倒头睡着了。

台风过

双台风过去四天后，未名子接到阿途打来的电话，说要打算放弃资料馆了。未名子上午来到资料馆一看，里面只有阿途一个人，顺奶奶不在。

“真是对不起啊，这么突然。”

阿途是未名子母亲的同辈人，说话带点关西口音，但不太明显，只在语调当中透着一丝开朗的感觉而已。

“没关系……诊所那边不要紧吗？”

未名子问道。她知道阿途开的牙科诊所全靠她一个人在打理。

“可以歇几天，没事的。”

阿途回答。从这话里，未名子暗自猜测：是不是顺奶奶的病情有突发状况？——她的猜测八九不离十。

资料馆的建筑已经老化，而顺奶奶的身体比它老化得还要厉害。她前几天突然需要住院，而且好像不是那种能够治好出院的病。阿途大概是觉得，眼下的状况已经无法继续维持资料馆的运营了。

尽管阿途表现得很开朗，但还是看得出来神情有些憔悴。未名子之前每天都能见到顺奶奶，早就想到了很快会有这么一天，但此刻却说不出口。

“可能马上就要开始拆迁了，具体情况确定了我就告诉你。”

“您忙吧，别管我了。可惜我帮不上什么忙。”

未名子话音刚落，阿途就把资料馆的钥匙塞到她手里，说道：

“这里面的每件东西有什么价值，我是完全不懂的，所以你尽可以拿走。这个地方也可以随便用，不过也没几天了。”

说完，阿途就离开了资料馆。

未名子反复回味着这突如其来的宣告，以及手心攥着那把陌生钥匙的触感。往常未名子来到资料馆时，大门总是开着的，顺奶奶每次都已经先到了。而现在，资料馆里没有了顺奶奶。未名子开始整理资料——像往常一样，但似乎又跟往常有点不一样。

她从挎包里取出钥匙串——小小的铁环上挂着家里、工作室、库房、自行车的钥匙，现在又把资料馆的钥匙加进去。然后，她又从挎包里取出两个盒子，叠放在顺奶奶常坐的椅子旁的架子上。

顺奶奶平时就很少说话。不过，现在未名子独自在资料馆里的寂静感却和往日有些不同。只是少了个光坐着不说话的顺奶奶，却让人感觉似乎所有资料都陷入了沉默之中。

未名子举着手机到处转来转去，把资料馆的各个地方拍下来。她还在顺奶奶平时坐的椅子上坐了一会儿，随即又起身走进各个房间拍照。

其间，警察打来电话，说目前尚未接到任何跟马失踪有关的报案，所以暂时把马寄放在附近的自然公园，在失主认领之前，请公园管理处的人代为照看。未名子想起自己小时候曾去过那个公园。

公园里有一处广场养了些鸭和山羊，名字好像是叫“互动牧场”。马肯定就拴在那个地方吧。在那里的话，肯定能吃上像样的马饲料。想到这里，未名子才放下心来。

傍晚时分，未名子从放资料的抽屉里取出几样东西塞进包里，然后用钥匙打开正门，离开了资料馆。她心想：明天还要来，这里还有很多事等着自己去做。

时日无多了，必须抓紧时间。

***

从工作室到电器店的距离比想象中远，要坐几站单轨电车才能到。以前那里好像是商业街。店门口旁边停了一辆带雨篷的电动车。未名子心想：原来店老板每次都是骑这辆电动车赶过去的。

店面不算小，但店外堆着许多旧电器，店内摆满了品相虽新而款式却已过时的电器。所以，电器店显得很狭小，给人一种压迫感。店内光线昏暗，甚至看不清楚是否在营业中。老板在里面——毫无疑问就是那个去工作室热心地帮忙修电脑的人。

老板瞅了她一眼，一开始好像没认出来。当他想起未名子是在那个工作室上班的人时，立刻变得有些不知所措，脸上也流露出困惑的神情。

“我工作室的那台电脑……”

未名子话还没说完，老板就打断她：

“唉，电脑坏了的话，给我打个电话就行。”

随即转身想往里走。

“嗯……不是的，我是想问：电脑里的资料能不能发送给跟我视频通话的人？”

“这个嘛，可以倒是可以……你们平时的通话就是在传输影像和声音嘛……不过，线路比较特殊，需要花点时间。”

老板说完，走到店内像是柜台的地方，翻开台上的一本旧笔记本，撕下一页，在上面飞快地写了几个字，递给未名子。他显然有点害怕，仿佛正受到胁迫似的。大概是对未名子的突然来访感到疑惑吧，他问道：

“不对呀，那里的数据不是每次都会删掉吗？”

老板的语气跟他平时去工作室时完全不同，甚至有点蛮横粗暴。这让未名子有些困惑。

“是的，我确定没问题，已经删掉了。我只是想发送我这边的资料而已。在那里得知的信息，我没有泄露过半个字。”

未名子撒了个小谎。涉及答题者个人隐私的信息，她确实没有泄露过；但在对话当中接触到的一些像各地风土人情之类的小知识，她却经常带回家去。不过，昨天她反复阅读了神户主任给她的业务手册，上面并没有哪一项规定说禁止向对方发送资料。

“哎呀，真麻烦！”

一脸困惑的老板突然大叫起来，声音几乎带着哭腔了。未名子的父亲是个稳重的人，所以她从未当面被一个大男人如此激动地大声吼过。她一时吓得说不出话来。

“说实话，你上班那个地方真有点古怪。我不想帮你。搭上了准没好事！”

老板不停地连声大喊着“真麻烦，真麻烦”，似乎在斥责未名子。这么一个大男人，按说无论是力气还是立场都应该比未名子占优势才对，但在未名子看来，此时的他却显得恐惧不安，仿佛变成了全世界最弱小的动物。

“其实我也没什么可为难的。收钱办事嘛，本来就不应该发什么牢骚。不过，那个鬼地方，我是真的不想再去了。每次一去那里我就耳朵疼。那么老掉牙的机子，都不知道用来干什么的。虽然还不至于说要去报警，不过，每次看到电视上说那附近发生了什么事，我就担心是不是你们那里引起的、会不会追究到我头上。那种鬼地方，我是不想再去了，谁爱去谁去。”

在满是灰尘、光线昏暗的店里，老板置身于一堆品相虽新而款式过时的电器中，冲着未名子喋喋不休地抱怨了好一会儿。这个外表看似稳重、对待工作也诚恳认真的老板，原来一直都把那间工作室以及未名子本人视为怪异、可怕之物。

“这个……你跟主任也就是委托你的神户先生说吧，东京那位。我是无权决定的。”

未名子说道。老板皱起眉头，嘟囔了一句“东京?”，随即又咬牙切齿地说了一遍：“真麻烦，你饶了我吧。”然后就不再吭声，走进店内更加昏暗的里屋去了。

未名子面朝店内，慢慢倒退着走出店外。从昏暗的店里出来的瞬间，被明亮的光线照得有些眼花。等眼睛逐渐适应时，她发现店门外堆满了从各家各户收购来的旧电器——刚才进门时也看见了。

店里光线昏暗，未名子看不清老板的举动，但身在暗处的人看明处，应该会看得很清楚。未名子一边保持警惕，一边看着那堆旧电器。这时，她看到其中有一个似乎有点眼熟、手提包大小的长方体机器，于是立刻抓起机器把手的部分，转身就跑。

老板对神户主任肯定不会像刚才那样发牢骚。他之所以这么激动，大概是因为未名子突然若无其事地闯进这家光线昏暗的电器店，并且执意要从他嘴里问出些什么来。

在这家店里，老板就是城主，是国王。尽管臣民也只有他自己一人——不，也许正因为如此，未名子擅自踏入领地才使他感到不安甚至发怒。这么一想，似乎也能说得通，但未名子还是为刚才他说的一番话而气恼得身体微微发抖。

想不到，平时在工作室如此热心地帮忙修电脑的人，现在竟然如此贬低她以及她的工作室。未名子逐渐放慢脚步，从快跑变成小跑，又变成快走，然后变成正常的行走。随着时间流逝，离电器店越来越远，未名子心里却变得越发难受。

未名子想起资料馆发生过好几件类似的事情，不只是小时候上门查问的那个警察。扪心自问，作为一个市民，未名子觉得尽管自己的生活方式不太丰富，但每天也在努力生活，开始工作后买东西也会按规定缴税，而且自认为从来没有伤害过别人，在社会上没有给人添过麻烦，然而……

她和顺奶奶，收集和整理某些知识，可不知为什么却遭到许多人的嫌弃——未名子并不是突然发现这一点，而是逐渐意识到的。

未名子并没有过多向其他人发过牢骚，只是独自默默地整理着资料而已。即使她经常发牢骚或给人添麻烦，这些收集到的知识也是无辜的，凭什么要受到指责呢？当人们看见别人收集什么东西，或者在自己不了解的地方保存某种资料时，往往会产生戒心，这也许是一种本能。

顺奶奶以前采访当地人时，也没有硬缠着刨根问底，而仅仅是询问、记录而已——在某些人眼里，难道这也是可耻或可怕之事吗？顺奶奶的资料馆和神户主任开设的工作室，说不定被很多附近的居民当成了女巫据点之类的地方。

未名子默默地走着，不知不觉眼泪掉了下来。她感到越来越委屈。然后，她想到了顺奶奶——面对这种无处可说的荒谬之事，如今的顺奶奶已经无法表达愤怒和悲哀了。

来自太空舱、深海、战场的声音

回到家，未名子把她从电器店拿走的长方体机器放在客厅桌上。机器侧面有个把手，背面有电池槽，还拖着一根像电源线的东西。黑色电源线被扎带捆成一束，末端的插头锈迹斑斑，显然不能用了。

未名子把家里的二号电池找出来——电池还是全新的，但不记得什么时候买的了。她拆开包装，装好电池，然后摸到机器正面的一排开关，按下其中形似电源键的按钮。

黑色的四方形塑料显示屏上方出现了闪动着的红色数字“88:88”。数字显示屏右下方是许多有规律地间隔排列的小孔——未名子猜测这里可能是扬声器。另一边是薄薄的灰色塑料卡门。随意按下其中一个按键之后，卡门上部斜斜地打开了。

到这一步为止，一切都在意料之中，可让人意外的是，卡门里塞着一块东西——跟资料馆那些磁带一样的薄薄的塑料方形物体，外壳里组装着细小的部件。未名子把卡门里的磁带取出来，放在桌子边上，心想：肯定就是这种机子。

未名子把这台饱经日晒雨淋的旧机子偷回来，尽管心里不太舒服，但却没有一丝罪恶感。然而，当她看到机子里的那块旧磁带时，却觉得自己的行为十分不妥——虽然磁带是原主人忘记取出来而连同机子一起扔掉的，但里面毕竟记录和保存了别人的信息，她却在无意中偷了回来。

未名子把手伸进挎包里，掏出几个从资料馆带回来的塑料盒。盒子的结构有点特殊，可以像贝壳一样从合页打开来。她取出盒子里的东西——当然，盒子里装着的也是磁带，虽然跟刚才那台机子里的磁带颜色不同，但形状构造却完全一样。

未名子此前对这种机子的具体情况一无所知，但她上网搜到了操作方法。机器的原理很简单，不可能不会操作——只要它还能转动起来的话。

未名子把资料馆的磁带插入录音机，然后拿起手机点了几下，小心翼翼地放在录音机旁边。她一边确认液晶屏幕上显示的麦克风图标和电量，一边用力按下录音机上印着“播放”两个小字的按键，直到听到“喀嚓”一声响。

***

未名子给神户主任拨电话，还没打通又犹豫不决地挂断，如此反复了好几次。当她终于打通电话，小心翼翼地提出想辞职时，神户主任竟然二话不说就答应了，甚至让未名子觉得有些失落。

她未经细想，说：“就做到这个月底。”神户主任并没有提出“等找到接替的人再辞职吧”或“等交接完工作再说”之类的要求，甚至没有问她为什么要辞职，没有表示惋惜，也没有假惺惺地担心她今后怎么办——尽管未名子已经准备好回答说“自己还有存款，短期内生活无忧”。

未名子觉得，这样的神户主任真的很让人喜欢。同时她也感到一丝不安：今后或许再也找不到与这样真诚的人合作的特殊工作了，那么自己还能过着像现在这样的生活吗？……未名子握着手机没说话。

“不过，我有一句话想说。我怕这句话会影响到你的人生，所以只说这么一次。如果这句话让你感到不愉快，我向你道歉。”

神户主任说完开场白，接着对未名子说道：

“我认为你很适合做这份工作。”

“因为我是个孤独的人吗？”

电话那头的神户主任沉默了几秒，似乎轻轻地笑了。

“不，不。确切地说，世界上没有哪种工作是因为孤独才能做的。”

未名子觉得自己从事这份工作的根本原因被否定了，不由地感到惊讶。

“那您为什么觉得我适合做这份工作呢？”

“……非要说的话，是因为我觉得你是这样一种性格——对于看似不正常的事物，你会断定它是不正常的，但并不畏惧它，而是会理解和接受它。私下告诉你吧，其实答题者对你的评价都很高。”

“跟他们聊天，我也很开心。”

未名子回答道。她虽然怀疑神户主任说的是客套话，但心里还是感到一丝温暖。

“所以，我觉得，如果将来有机会的话……你在别处做这份工作也能做得很好。”

“别处也有这么奇怪的工作？”

“是啊，其实到处都有的。”

“这种好像大海捞针一样稀奇的工作，不可能这么容易找得到吧。”

未名子话音刚落，电话那头传来了笑声。未名子只在面试时见过神户主任拘谨的笑容，像这样笑出声来还是第一次听见。他的笑声像是先吸一口气，然后微微颤抖似的发出声音——这种出乎意料的笑法似乎有些怪异，甚至会让人觉得有些粗鲁。

最终，未名子决定做到这个月底为止，然后辞掉这份自己喜欢的工作。

***

答题结束后闲聊时，未名子说起辞职一事，Vanda 回答说：

“噢，这样啊。”

隐隐透出一丝落寞，但也仅此而已。接着，Vanda 就用一如往常的语气和未名子聊天。他也许经历过多次与出题人的离别，所以逐渐形成了一种避免过分伤感的意识。

“对了，我有一件事想拜托你。”未名子谨慎地开口说道，“我想把资料发送给你。”

“发送给我吗？”

Vanda 稍微探出身子问道。

“是的，我想请你帮忙保存资料。”

未名子慎重地告诉Vanda：这些资料并不是什么危险的东西，存放在他那里也不会给他惹麻烦，而且，就算泄露出去、被人复制了四处散布也不要紧。

“是什么样的资料呢？”

“你收到后全都可以随便看的。虽然不是那种特别有意思的东西，但也可以用来打发时间。”

未名子说完又补充了一句：

“是我居住的这座岛的档案资料。”

Vanda脸上流露出他平时答题时常见的表情，眼睛里散发出好奇的光芒。他走开了一会儿，随即又出现在画面里。

“你那些资料的容量嘛，只要把我的备用存储器腾出一点空间就够用了。这存储器本来是用来保存实验样品和数据结果的，不过最近都没用上。”

“你那边是很重要的地方吗？那还是算了吧。”

未名子说道。Vanda 轻轻地耸了耸肩，回答道：

“现在这里不允许开展正式的实验。”

随即又笑着说：

“不能做实验，闲得慌，正愁没有什么消遣的呢。”

资料传输所需的时间比未名子预想的要长得多。进度条缓慢地向前延伸。大概是为了消磨时间吧，屏幕上的 Vanda 提议说：

“闲着也是闲着，不如陪我聊聊天吧，以后也没什么机会了。”

接着，他开始讲述起来。

我出生的国家是个小国，资产和军事实力都很薄弱。不过嘛，总的来说，一直以来人们都过得很幸福，可能因为国民大多是踏实认真的人吧。我认为，这应该归功于政府对公民从小就注重人生观、价值观的教育和培养。

可是从今天来看，似乎连这一点都没有做好。

当我还是少年的时候，一个极其优秀的人当上了国家元首。不过话说回来，他和前任是直系亲属，接受过同一种教育——由此看来，前任元首本来也很优秀吧。总之，世上之事关键在于时机。

他比前任元首更注重国民教育，其目的是这样的：即使这个资源匮乏、国土面积狭小的弱小国家分崩离析，国民被迫四散分离，但只要每个人拥有知识就不怕。即使人人都流落别国，也可以依靠头脑中别人抢不走的财产活下去。

而最终，个人教育变成了促使国家强大的重要力量。教育需要一点时间才能发挥其效果，所以应该归功于他们家族的长期努力。我们这些幸运的孩子，可以按自己的意愿接受各种教育，有人学科学，有人学音乐。至于基础教育，则会充分地贯穿于所有专业教育的过程中。

这样一来，元首以外的其他执政者自然也全都是优秀的人才。国家巧妙地走迂回路线，在保持国家形态的同时，时而变小，时而隐形，有时甚至将自己标榜为“既没钱又基本没有武器的手无寸铁的国家”，既不会发展得太快，也不至于太穷，就这样慢慢地、慢慢地变得富裕起来……咖啡的香味比我小时候变得更浓郁一些了，圆珠笔的笔芯也很少断墨了……如今回想起来才意识到这些变化，可见祖国是在慢慢地发展的。

说到这里，Vanda露出一丝嘲弄的笑容，挖苦了一句：

“不像日本。”

国民中有的人不断努力学习，通过考试和审查，然后被选送到邻近的大国，在那里施展才华。我们国家尚处于成长过程中的青年时期，通过加强教育和关注儿童，得以发掘出每个人的潜在才能。

在年轻有为的元首的领导下，国家对外输送优秀人才，大国得到了人才，于是越发敬重我们这个小国了。

对我们来说，在大国施展才华是一种莫大的荣耀。那里有我们国家无法提供的研究设备、优秀的研究团队以及充足的资金，而且生活各方面都是光鲜亮丽的，只要努力，就能得到丰富的知识和优越的物质环境。对于养育自己的祖国，我内心充满了感激之情。

“后来你就去了太空？”

未名子问道。Vanda点点头，继续往下说。

来自大国的几名成员以及从各个小国选拔出来的几个人组成了团队。我们国家只有我一个。不过，团队成员都是长期从事研究的同伴，大家都满怀着希望……

隔着屏幕，未名子也能感觉到他的声音在微微颤抖。未名子心想：人在悲伤之时，比起沉浸于当下的悲剧，还是回忆曾经的幸福时光更容易掉眼泪吧。至少，此刻的他是孤独的。到底发生了什么？——未名子的各种猜想都是徒劳无益的。Vanda 用一种比刚才更缓慢的语调继续讲述。

国内的一部分人发动了政变，事发非常突然。

不过，我之所以感觉突然，纯粹是因为我在国外充满希望之光的地方待得太久了，从而没有注意到笼罩着祖国的那片淡淡的阴影。就算别人骂我无情无义，我也无话可说。

英明的元首在政变中丧命，身边的精英也人间蒸发，祖国与邻国断交了。尽管地球上的团队成员们为我尽力斡旋，可是祖国新任元首直到现在仍然不批准让我从太空返回地球。

他大概是以为，我即使返回地球也不会回到自己祖国，而且在当前局势下，大国政府不会轻易放我回国。毕竟，那些散居海外的同胞们，除了其家属在国内被押作人质之外，一个个都不认自己的祖国了。

当然，换作是我，恐怕也会跟他们一样吧……因为我也没有家人住在国内。团队成员们在返回地球之前，一个个轮流和我拥抱，流泪，并保证一定会创造条件让我安全返回。

我仿佛事不关己似的听着他们的话，心想：你们的好意我心领了。我至今仍然觉得，既然祖国没有我的容身之处，我无论去到哪里都有危险，那么为什么不留在太空这个最美丽也最安全的地方呢？

Vanda 的笑容似乎表现出了一种豁达。

“我很喜欢这个没有国界的地方。在这里，不存在由重力而形成的强弱关系，当你想用武力伤人而猛烈出拳时，自己反而会朝相反方向飞出去。虽然一个人难免会感到无聊，有时甚至会被孤独和不安压得透不过气来，但无论生活在什么地方人都有可能会这样呀。”

资料传输的进度条走到100，跳出了一个表示发送完毕的弹窗。从屏幕上的Vanda的视线变化可知，他那边应该也显示发送完毕了。

“那这些孩子就由我照看喽。”

可能这只是Vanda的口误而已，也可能是未名子听错了。总之，未名子听到他把这些资料说成像是自家孩子一样时，不由愣了一下，回了句：

“那就拜托你了，非常感谢。我感到很开心。”

“只要有这些资料在，我和你就没有分别。”

听了Vanda的这句话，未名子突然提高嗓门：

“对了……”

Vanda全神贯注地听着。未名子稍微深呼吸了一下，接着说道：

“我再出一个不太像问题的问题，可能也不一定有正确答案……”

“这是最后的附加题吧，你自己出的。请说。”

未名子松了口气，缓慢而清楚地说道：

“土豆炖牛肉，迷茫，芥末。”

听到第二个词的时候，Vanda 流露出平时那种充满好奇的表情，手也开始动起来——大概是在做笔记吧。未名子说完后，等了一会儿。Vanda 做完笔记，抬起头，开口说道：

“那么，后会有期。”

话音刚落，通话信号就切断了。就像与神户主任的道别一样，结束得如此干脆，又如此平淡。

***

到了 Polar 这里，她以一种比 Vanda 更平淡的态度接受了与未名子的告别，甚至为未名子即将开始新生活而感到高兴。她也许和 Vanda 一样，并不觉得离别有什么不好。而且，她似乎还认为独自一人出发去周游各地是一种幸运。

当未名子提出帮忙保存资料的请求时，Polar 二话不说就答应了，似乎不过是举手之劳。她所在的地方，似乎有大量空间可以存放资料。

“这里只有我一个人和大量的资料。我是资料的守护者嘛。”

Polar 笑着说道。在未名子眼中，她那孤独的笑容是如此美丽，以至于未名子不敢冒昧地认为她俩之间有些相似。

从以往的对话来看，Polar 是那种不太擅长在与人交谈时表达快乐的人。可不知为什么，今天的她却特别能说。在资料传输过程中，Polar 给未名子讲了很多关于自己的事。

未名子从没见过 Polar 像今天这样说话——她语速飞快，好像想在有限的时间里拼命地把自己的情况尽可能多地告诉未名子。

我出生在一个比较富饶的国家。而且，在这个国家，我们家族也算是财力十分雄厚的。祖父祖母是有些保守但和蔼可亲的长寿老人，父母在城市里掌握着充分的权力和财力，因此我的兄弟姐妹们个个都前途无量。

然而，不知为什么，唯独我一个人时常陷于自闭和悲观之中。我的出生，仿佛是整个家族的其他人都没有的消极情感的结晶。

我并不认为父母养育我的方式有什么问题，毕竟父母对我们几个孩子一视同仁。所以，可能只是他们的做法不适合我。

而且，出生在这种家庭中的我，不仅是样貌，就连内心也并不美丽。我自卑，嫉妒心强，缺乏同情和善良之心。所以，周围人对我们家族的类似于嫉妒的情感，往往就集中发泄到我这个最弱、最差的人身上。

我是这个美丽家族的丑小鸭。因此，世界上有很多人就以此为由，把我身上具有的正常人都会有的坏心眼、嫉妒心和毒舌看作天理不容。这看似很不公平，但很多人却理所当然地这样想，比如说："有钱人还这么自卑，太过分了！""名门子弟怎么可以这样说话？"……

大家总是盯着我的言行举止，像父母教训孩子似的骂我。而他们自己就算做出更无耻的事来，也不会受到谴责。不过，他们骂我的理由又是实实在在的，所以我一直受到大家的打压。"能挺得住的才是强者"——整个家族之中恐怕只有我没有这样的觉悟吧。

家里人发现这一点之后，每次要么生闷气，要么可怜我，甚至向我道歉，尽全力保护我。然而，他们这种美好的一面反倒使我更加悲哀。我甚至想，他们不如装作看不见人们朝我发泄不满的样子，别管我好了。

在我十岁出头的时候，就已经整天想着要逃离这个优越而美丽的家族了。尽管我是那么喜欢我的家人。

我暗自定下目标——要离开家族，独立生活，于是拼命学习世上的一切知识，比同龄人更早地考进了一所寄宿制研究院。

Polar满脸通红，她从来没有一口气讲这么长时间。

有点讽刺的是，说到底，正是因为借助祖国和家族的力量——比如资金、环境等，我才得以专心地、尽情地学习自己喜欢的东西。

未名子想象着Polar的华丽家族——祖父祖母坐在椅子上，父亲母亲和兄弟姐妹围站在旁边——用画框装裱起来的“全家福”合照就是一种家族凭证。脑海里浮现出这些画面后，未名子忽然意识到，自己家里并没有这样的合照。

生下未名子不久即离开人世的母亲自不必说，就连和父亲的合照恐怕也没留下几张。没有合照的家庭，没有留下凭证的自己的亲人……未名子继续倾听 Polar 的讲述。

我还记得小时候借过别人的自行车来骑。借车给我的 Rino 是个非常热心的人，并不像大家所说的那样冒冒失失。所以我至今仍觉得很对不起她。

那天，我一时高兴就骑着自行车去到了一个常人难以想象的很远的地方。因为是沿着河边骑，不至于迷路，但我实在骑得太远，已经回不去了。那晚是我有生以来头一次在听不见家里人叫我的地方睡觉。

我第一次发现，一个人睡觉原来是如此安宁。也可能是累了的原因，那晚我睡得特别好，仿佛中了魔法一样的深度睡眠，一眨眼工夫就过去了，睁开眼时太阳已经升得老高。

家人们疯了一样到处呼喊着找我，很多人也跟着一起寻找。当天中午，其中一个人发现了我。果然，她一见到我就骂道："真是身在福中不知福啊，你还有什么不满足的，究竟想逃到哪里去？”而闻讯赶来的家人却只是哭个不停，为我的平安无事感到庆幸。

事后一问才知道，我过夜的那个地方当天有节日活动。我对此一无所知，但大家都以为我是想去参加节日活动才骑自行车去到那么远的地方。他们觉得像我这样的小孩被节日活动吸引也很正常，根本没怀疑是否有其他原因。

从第二年开始，全家人每年都会一起去参加节日活动，而且还给我买了一辆新自行车。可是那辆自行车我一次也没骑过，它很快就生锈了，湮没在院子里的泥土和树木中。

此后，我心里“一定要从这个家里逃出去”的想法变得越来越强烈。因为我能想象到：无论发生什么事，他们都会一如既往地爱我；无论我骑自行车跑到多远，他们都会声嘶力竭地呼喊着我的名字四处找我，找到我后，大家一定会痛哭流涕地紧紧抱住我……

他们心里并没有丝毫恶意，只有深切的亲情。其实，我也爱着他们，直到今天依然如此。可在那时，我的内心确实只感到绝望，深深的绝望——无论怎样都无法逃离的绝望。

如今，我的生活里没有镜子。我本来就很讨厌“时刻都要照镜子”这种人类社会机制。不照镜子，我就不会为隐藏在自己容貌之中的家族血脉而感到厌烦，这让我的内心无比安宁。家族里那种健康向上的姿态，对我来说无疑是一种诅咒。

如今，能倒映出人影的水面在我头顶上方很远的地方，所以我连自己长什么样都已经忘了。对于现在的我来说，你的面孔感觉更亲近。

极地的深海里当然也有大量生物存在，所以我并不孤独。即便我无法和它们互相接触、互相沟通也没关系，因为，我们每个人之间本来就是无法互相理解的。

Polar 露出了笑容。

我从来没有想念过我的家人。当然，正如我反复强调的那样，我并不讨厌他们，我衷心祝愿他们过得幸福。其实，反而是离开他们开始独自生活之后，才越发感觉到家人的重要性。不过，这些话说得太多就显得有点假惺惺的了。

未名子看着视频里的 Polar，心想：确实长得很漂亮。但最终她还没来得及对 Polar 说出“我觉得你很美”这句话时，就发现资料传输完了。

“不好意思，嗯……我给你出一道跟平时不太一样的题目吧。”

未名子随即对 Polar 说了和 Vanda 道别时一样的那三个词语，然后简单地道别并关闭了通话。

***

“睫毛长的马喜欢咬人。”

Gibano 闷闷不乐地看着未名子向他展示的宫古马的图片，一边脱口而出自己头脑中的动物知识。

他一定是发自内心地喜欢动物。“身在战场的仪表整洁的公司职员形象”与“熟悉野生动物”这两个因素之间的反差，是 Gibano 独一无二的财富和人格魅力。

“不过，这匹马没咬过我，特别温顺。”

未名子的语气小心翼翼地，以免听起来像在反驳对方。

Gibano 笑得像在哭一样。他听完未名子的话，开始断断续续地讲述自己的故事：

住在避难所里的，不止我一个人。不过，其他人不是我的家人，也不是朋友。所以我在这里跟自己一个人差不多。不，应该说，比一个人还要一个人，比孤独还要危险得多。

我是因为工作而住进这间避难所的。这是真的。不过，更确切地说，我是人质，落在一帮危险分子手里。

他们和我使用同样的语言，但是想法却完全相反。所以，我跟他们无法沟通。我听见他们说话就觉得难受，他们跟我说话时恐怕也一样难受吧。

他们允许我跟不会帮助我逃跑、没有能力的人说话，不允许我跟自己国家的人说话，不允许我跟使用同一种语言进行战斗、强大的国家的人说话。不一定非要跟日本人，其他国家的也可以——只要是不强大、没钱、不注重武力的国家都可以。日本人没有武器，没有军队，就算我在社交平台上大声呼救也没人能帮我。像这种情况，他们就觉得没问题。

我有很多时间。我努力学习，想掌握日语。我想和不同于他们的人说话，和拥有不同语言和想法的人说话。我想大笑。当时，我随机地选择了你这条通话线路，其实是很偶然的，跟谁聊都无所谓。

不过，现在，我觉得我们之间形成了非常非常重要的纽带。

请你放心，他们对你不感兴趣，不想打听你的事。他们不了解日本是个怎样的国家，他们不需要和自己不相关的文化——这对他们来说也许是好事……不，应该不是什么好事。我现在不逃跑，逃跑了更危险，外面是战场的中心。

在这个危险的地方，他们保护我。他们在这个安全的避难所保护我，给我食物和药品，允许我做少量运动，有时医生会来。他们让我保持健康。也许军队的领导们说好了，让我跟他们待在一起。他们需要遵守承诺，让我健康地活着。

我在这里健康地活着，这很重要。他们脑子里既有严肃的想法，也有天真的想法。他们比我年轻，内心更像小孩子。他们非常忠实于自己的承诺以及正确的事。这就是这个国家的人的思考方式，也是在残酷的战争中保持精神不失常的生存方法。

我在战地前线工作之前……确切地说，是从我出生时开始，就已经是战场上的人了。

整个家族几乎都是军人，其他人则拍摄战争的照片拿去卖，头脑聪明的则写文章拿去卖。战争是一种生存方式，是所有人生活的中心。爱、正义、成功、家族……所有这一切都和战争交织在一起，形成一个击败对手的体系。

我的家族过去很富足。我可以自由地学习，学习如何打胜仗。妹妹是女孩子，所以不让她学习，而是待在家里。有钱人家的孩子学习知识然后参军，穷人家的孩子从小就拿枪上战场。有钱人家的女孩子待在家里，穷人家的女孩子嘛……我实在不想说。

我认为自己的国家是个可悲的地方，于是跑到远离战场的地方生活，开始工作。我穿着跟战场的人不同的衣服，每天刮胡子、洗澡。我的事业取得了成功。

我装作从没骑过动物，也从没杀过动物来吃。我和那些洁净的人一起生活——他们出生在洁净的地方，从来没看过人和动物的死尸。

可是，不管在世界上哪个地方生活，都很难完全割裂与战争的关系。经济、政治、文学、生物研究……也全都与战争有关。能否在战争中发挥作用，这一点变得尤为重要。我是在长期的互相残杀中进化而来的最新人类。

我现在之所以能活着，是因为祖祖辈辈杀了很多人和动物。我是杀人者的后代。好斗、强悍的动物存活下来，而选择被杀的动物则灭绝了。

有人大声呼吁，大家丢掉所有武器……可即便如此，人们又会拿起别的东西代替武器，继续战斗，比如说金钱、信息……所谓“笔锋比刀剑更有力”表明，关键看谁强谁弱，谁有力谁没力。

我弟弟抱着照相机死了。他的妻子和小女儿……被炸成肉末……

Gibano断断续续的讲述中夹杂着呜咽声。未名子一边听着，一边忍不住想大声叫出来。这间工作室的隔音效果很好，适合在这里叫喊——这还是未名子有生以来第一次有意识地想放声大喊。她无法直视Gibano，于是把视线移到屏幕边上——地板一角铺着印有美丽花纹的地毯。

每次都出现在屏幕上的这块地毯，应该是跟Gibano一同居住的人用来做礼拜的吧——未名子不知何时注意到了这一点。看样子，这避难所既是保护人们的藏身之处，同时也是祈祷之地。

——就像冲绳岛上的天然洞穴（Terabu Gama）一样。未名子心想。

“那匹马，叫什么名字？”

Gibano问道。未名子脱口而出地回答：

“飞机。”

“飞机”这个名字是从顺奶奶那里听来的，原本是以前冲绳岛上一匹骏马的名字。其实，在这一刻之前，未名子从来没把误闯进家里的那匹马叫作“飞机”，但在回答Gibano的这一瞬间，她觉得那匹马无疑就应该叫作“飞机”。

“绝对不可以把‘飞机’放走。马是财产，也许还是家人——是靠自己能力得到的家人。”

未名子没有告诉他，马已经转交给警察，不在自己手上了。刚才这句话，恐怕是来自身在战场的Gibano的最后一条重要信息了。因此未名子实在不忍心回答说“自己的生活中不需要马这种动物”。

最后，资料快要发送完时，未名子对Gibano说道：“我再给你出一道只有三个词语的题目吧。答案等下次有缘相见时再说……”

宫古马和它的过去

未名子回到“飞机”已经不在了的家里，头脑中一遍又一遍地仔细回忆 Gibano 的经验之谈：

睫毛长的马喜欢咬人。

体型小的马不适合全力奔跑。

马逃走后会选择躲在什么地方。

如何在不激怒马的情况下抓住它。

这些并不是未名子从朗读谜题中得到的正确答案，仿佛是从 Gibano 的人生中得到的美丽的标准答案。

未名子正胡思乱想时，一阵门铃声突然打断了她的思绪。打开大门一看，门外站着那个总是闷闷不乐的快递员。未名子正要接过像往常一样大小的包装箱时，快递员语速飞快地小声说了一句：

“比平时重多了，小心点。”

平时总是一声不吭地交付货物的快递员，原来也意识到每次都跟未名子有着相同的体验。未名子有些惊讶，随即想起自己这次买的东西跟平时很不一样。她抱着箱子走回客厅，按往常的步骤拆开。

箱子里装着绳索、钢丝钳、印有马的标志的塑料瓶、小型网络摄像头，还有一副黑框眼镜。全都用真空包装固定在箱子底板上，这点倒是跟平时一样。

这些商品是未名子自己下单购买的。但实际上，是未名子自己、顺奶奶、资料馆的所有资料、发生在自己身边的各种事情、优秀的答题者和他们的建议、不请自来的庞然大物……所有因素错综复杂地糅合、交织在一起的结果，可谓偶然的馈赠。

接着，未名子费了点时间慎重地制定了一个计划。尽管她不擅长策划，想出来的计划多少有点不切合实际，但她在朗读谜题的过程中，在与知识渊博的答题者闲聊的过程中，在整理资料馆的过程中，不知不觉一点一点地学到了若干对日常生活没有直接用处的知识。

比如说极其原始的锁头的构造及其开锁方法，走路不发出声音的方法，监控摄像头的种类以及拍摄范围和死角……未名子已经开始认真考虑自己眼下所处的状况，以及改变现状的行动策略。

自己正是为了这一刻，才每天坚持低热量消耗，慢慢地积累为了改变一成不变的生活所需的体力和精神。

原先放在那台录音机里的那盘磁带，未名子既没有扔掉，也无法播放，就那么搁在桌子边上。

***

琉球赛马，比的不是速度，而是美感。据说，日本没有其他类似的地方赛马[1]，大概是琉球独有的

1　地方赛马：与“中央赛马”相对，由地方政府主办的赛马。

比赛。赛马场的长度较短，只有两百米左右，比赛用马也是当地产的小型马。如果放任马匹加速奔跑的话，会给马匹本身和周围观众带来危险。

因此，赛马制度明确规定了“禁止四脚离地奔跑”——这一点在资料里也有记载。驱使马匹做出慢步和跳步等动作，不比速度而比美感——这样的赛马起源于琉球王朝士族们的嗜好。

后来，在琉球处分中被剥夺了士族身份的人，被冲绳各地的富农雇佣来养马，于是各地的赛马场开始兴旺起来。

琉球赛马曾经盛极一时，其热闹程度简直就像把所有的庆典活动汇集到了一起。尽管如此，琉球赛马却几乎不牵涉任何外部资金。比赛不设奖金，奖品也只不过是一块披在马背上的象征荣誉的布。

观众们也极少下注，最多偶尔赌一杯酒而已，与如今在日本被视为公营赌博的赛马截然不同。拥有比赛用马是王朝士族和富农们的特权，他们也借此炫耀自己的财富。

百姓们聚集到一起，观赏华丽的赛马，尽情享用美酒和摊档美食。孩子们围着马看，女人们打扮得漂漂亮亮地姗姗而来……比起如今的赛马，可能更像是车展之类的活动吧。

然而，曾经在岛内如此兴盛、定期举办的琉球赛马，在跨入昭和时期前后却日渐衰落，太平洋战争末期的冲绳战役之后更是完全中断，现在已经基本看不到赛马了，赛马场也只剩下一点残留的痕迹。

还记得当年盛况的老人们越来越少，保留下来的资料也不太充分。在这座岛上，就连贵重军事资料都全被烧毁，至于娱乐方面的资料，则只能寄希望于向老人们采访和收集了。而且，在连生活物资都匮乏的时候，那些必须保护的历史文化资料的价值只会不断削弱。

赛马终结的原因不只是战争。最主要的原因，并不是当时的政府和驻日盟军总部等岛外人士讨厌这项风俗，也并非岛民们担心赛马有损名声——尽管也不能说毫无关系。

最主要的原因，很简单——是饥荒。

当时，冲绳岛上居民生活富足主要是依靠农业生产，而农作物歉收彻底剥夺了他们的经济能力。在大规模的农作物歉收下，经济效益高的甘蔗种植业这一单一产业非常脆弱。

在甘蔗种植产业难以为继的这个时期，岛内又爆发了大范围的猪瘟。出于公共卫生方面的考虑，政府限制人们在公路上放养动物。

这样一来，农民无法再饲养赛马用的马了——它们虽然可以被驱使着干点活，但是不能食用，而且照料起来很麻烦。

这种马步姿优美，很适合赛马，但体型小、脚踝细，不适合运载大型货物。政府在加强军备的过程中，还实行了“通过杂交使岛上小型马体型增大”的政策。在政策引导下，这一时期当地品种的马开始断种，并往“大体型改良化”的方向发展。

以冲绳为首的西南诸岛，多次因经济恐慌而爆发大规模的饥荒——即所谓的“苏铁地狱”。因为没有吃的，人们只能吃苏铁[1]果实里的淀粉。苏铁毒性强，处理起来又麻烦，很多人因为吃了处理不当的苏铁果实而中毒，甚至丢了性命。

每次发生“苏铁地狱”饥荒时，就有很多冲绳当地人移居到日本其他城市甚至国外，去另找工作。这就是全世界的日裔移民多为冲绳姓氏的主要原因。他们仿佛逃离绝望一般地乘船离开了冲绳岛。

琉球赛马这一盛大的文化传统就此消失了。这些细小的悲剧发生的原因错综复杂，即使全都归咎于饥荒这一点，也还有很多导致问题日益严重的要素。然而，这些要素既琐碎，范围又广，因此当时的人们并没有把它们联系起来思考。

但如果坚持不断地把各种事实记录下来的话，或许不久之后能划出辅助线，出乎意料地把各种看似毫不相关的要素连接起来。

1　苏铁：即铁树、凤尾蕉。

所以，必须保护好这些资料。不是要付出生命去继承，而是要尽量活得长久一些，用一辈子去守护它们。资料里记载着的信息，将来也许可以保护人们的性命。

未名子一边沉思，一边用手指按揉着刚试戴过眼镜而留有压痕的鼻梁。

***

暴风雨过后，雨云和产生雷暴的积雨云都被吹跑了，这时的风感觉十分清爽。台风的来临不仅容易预测，而且台风还能把其他琐碎的天气状况全部一起清除掉。所以在拥有先进的气象预测技术的今天，人们可以很方便地制定各种生活中的计划。

而且，今晚的夜空云彩很少，没有月亮。月亮不同于变幻莫测的天气，很容易准确地计算周期。

未名子把一辆大平板车停放在公园背面一个隐蔽的角落。停放在路边的平板车不同于汽车和自行车，即使没有上锁或闪动危险警示灯，人们也会认为是谁趁工作间隙稍微停放在这里的——平板车就那样堂而皇之地停放在那里。

脸盆、钢丝钳、绳索、印有马的标志的塑料瓶、网络摄像头以及塑料布——这些就已经足够了，所以未名子并没有带其他任何多余的东西。万一真的摊上什么意想不到的事，仅凭这些不可靠的工具恐怕也没什么用。

“当然，如果我有他们那样的知识那倒另当别论。”——未名子想起了 Vanda、Gibano 和 Polar。事到如今，与其求神拜佛，倒不如回想一下之前与他们的对话，这样心里更踏实。

深夜的公园里，“互动牧场”的角落，朦胧的街灯下，那团褐色的庞然大物把长腿长脖子弯曲起来，静静地蹲坐在地上——就像在未名子家的院子里时一样。在围着山羊、兔子、鸭子等动物的栅栏旁边，另有一个用铁管和木板四面围住的栅栏，外面竖着一个交通锥，上面贴了一张纸，写着：“这是一匹走失的马。请勿靠近，以免危险。”

未名子想起那晚，“飞机”一次也没有做出过什么危险的举动。她发自内心地觉得这张告示毫无必要，于是就把它撕下来，揉成一团，塞进口袋里。

未名子蹑手蹑脚地走向“飞机”。鸭子和山羊都睡着了，没发现有人走近。未名子之前来踩过一次点，但她担心牧场后来会不会把鸡也一起关进来，有些忐忑不安。未名子再怎么不熟悉动物，还是知道公鸡会在天亮前大声打鸣的。

万一未名子发出的声音和气味被公鸡发现，放声啼叫，难免会惊动其他动物。未名子小心翼翼地地拆下栅栏的一部分，搁在旁边。那团蹲坐在暗处的褐色的庞然大物开始慢慢动起来，抬起脖子，转向未名子。

旁边有两个桶，一个装着水，另一个里面放有两根胡萝卜。未名子心想：噢，原来一般是用胡萝卜喂马呀，好像听说过，但关键时刻就很难想起来。未名子打开那个印有马的标志的塑料瓶盖，把瓶里的东西倒进那桶水里。跟台风那天第一次见到时那样，“飞机”慢慢地把嘴凑过来喝水。

这种专门给马服用的镇静剂，未名子是从 Gibano 那里听来的。

“胆子小、脾气暴躁的马需要麻醉剂。一般用于参加赛马拍卖会之前，以及长途运输送去参加比赛之前。马是经常长途跋涉的动物，对位置很敏感，脑子里有 GPS 装置。当它在飞机、船、电车上时，站着不动却感觉到自己在高速移动，大脑的晃动会使它产生恐惧。”

***

有一种叫血清素的神经递质可以抑制马的兴奋。未名子没见过“飞机”兴奋的样子，所以有点发愁，不知道是否需要这种药。她不确定，是因为自己不太信任“飞机”，还是因为自己太想做成这件事了？

这把钢丝钳，是未名子之前在不熟悉的商品页面中搜索订购的，她挑了一把在自己力所能及范围内的最大的钢丝钳。不过，此刻还是花费了很长时间才剪断锁链，可能是紧张出汗导致手滑的缘故吧。未名子不是完美主义者，但对于这次行动，她已经准备得足够周全了。

当她剪断拴住“飞机”的锁链时，“飞机”已经喝完水，又弯曲着腿蹲坐在地上。未名子走上前去，给坐着不动的“飞机”套上缰绳。

用绳索做的简易缰绳，是未名子按照 Gibano 教的方法制作而成的。Gibano 说过，这种结法方便调节大小，最简单好用。但套起来还是十分复杂。未名子绞尽脑汁也想不出，要怎么从“飞机”的脖子或脸部的什么位置套过去。而“飞机”只是有几次被箍得太紧时才抖了抖脖子表示反感，大体上还是安安静静地任由未名子套上缰绳，有时还会主动配合，把脸部摆到最舒服的姿势。

即便如此，未名子还是花了很长时间才套好。当她把“飞机”拉到平板车上并盖好塑料布时，天已经快亮了，整个世界隐隐透出蓝白色的亮光。未名子推着平板车在路上行走，时而注意一下经过的车辆。

幸运的是，载着“飞机”的平板车推起来很轻松，简直不可思议。可话说回来，一直闲置在家里的这辆平板车也不知道是用来干什么的，车身太大，车轮也很粗。未名子居然能推动这么一辆载着庞然大物的平板车。她不由暗自思忖：父亲究竟用这辆平板车运什么东西呢？

想来想去，在她的记忆中，父亲并没有用这辆平板车运过什么大件货物。“飞机”蹲坐着，从塑料布下露出个鼻尖儿，一动不动地任由未名子推着走。一路上没有碰到人。

未名子心想：与其用平板车载着马还让它露出个鼻尖儿，倒不如自己骑马回去，这样更不会引人注目吧。当然，未名子对于骑马仍然缺乏自信心。

***

这座岛上各个地方有很多天然形成的洞穴，有的大而出名，有的小而无名。未名子在山路旁把

“飞机”从平板车上卸下来，牵着它走下一片长满高过肩膀的杂草和高大树木的斜坡，来到一个天然洞穴的深处。未名子已经事先来这里踩过很多次点，然后选了一个不太大的洞穴，这里被发现的风险也比较低。

她把平板车、塑料布和钢丝钳藏到洞穴里。保险起见，她本来还想往脸盆里再倒一次镇静剂，但最后想想还是算了。

没被拴住的“飞机”走到洞穴的入口附近，啃食着洞口的杂草。它的毛色比在院子初见时显得更有光泽，可能是因为在公园广场那里喂得很充足。未名子摸了一下它的背，它马上抬起头来看看未名子，嘴里不停地咀嚼着。

未名子并不觉得它可爱。马的鼻息和咀嚼声很吵，身上还不断散发出臭味，脸上各处尤其是眼皮和嘴边爬满了小虫子。Gibano 总说马是很美丽的动物，可无论未名子如何努力尝试着去理解，也感受不到它的聪明和魅力。而且，尽管“飞机”属于小型马的品种，但脸却又大又长，身体也比未名子大得多，看上去很强壮。

未名子总觉得，骑在比自己更有力的动物身上，把自己的身体托付给一头既不听话又很难相互理解的强壮的动物，是很可怕的。

“我可以骑上去吗？”

未名子小声问道。当然，“飞机”不可能回答她。未名子心想：说不定自己终此一生也无法骑到“飞机”背上去。

“如果你不喜欢这里，随时可以走。我会再来的。”

未名子一边说，一边用绳索把网络摄像头绑在“飞机”脖子上挂着，也没把它拴在什么地方，就离开了那个洞穴。当初它来到院子里时也没有拴着绳子。未名子心想：没有我在旁边，应该也没问题吧，如果它能回到自己原来的地方，那该多好啊。不过，考虑到“飞机”之前的种种表现，恐怕它哪里也不会去。

这个褐色的庞然大物，始终是一副“无论去到哪里都安之若素”的样子。

***

未名子回到家，在盥洗台洗完手，正想掬水洗脸时，忽然意识到自己眼前有个意想不到的障碍物。她抬头看镜子——透过沾满水滴的眼镜，她模模糊糊地看见镜子里映出自己戴着眼镜的面孔。她连忙摘下眼镜，用毛巾擦干水滴，双手拿着举到头顶，忐忑不安地走回客厅，坐在沙发上仔细查看。

眼镜框和眼镜腿稍有点宽，上面开了几个小孔。她一边确认小孔的位置，一边用附带的数据线把它连接到电脑上。眼镜腿侧面安装有针孔摄像头。这副没有度数的眼镜，可以把看到的东西直接转变成录像。

经过几道同步流程，电脑屏幕上出现了这个房间。窗外夜色深沉，未名子打开大门，推着平板车走出去——这是今天凌晨未名子的眼镜拍摄到的录像。黑暗的柏油路面一直向前延伸……未名子继续用十倍速播放，当她看到自己把平板车藏到路边、越过栅栏、把绳索套到“飞机”嘴上时，就停止了播放。

想不到在光线很暗的地方也拍得挺清楚的，未名子暗自赞叹。也许因为是红外线感应成像，色彩还原度不太好，色调有点单一。尽管如此，“飞机”的表情和长长的睫毛都拍得很清楚。这台摄像机可以说发挥了最基础的功能。

未名子平时根本不关心电视和报纸上的新闻，但现在却一反常态地关注起来。电视上好像只在本地新闻里报道过一次“马走失后被人找到但后来又逃跑了”。未名子无比慎重地制定的“绑架计划”出现了许多疏漏之处，比如撕掉了那张告示，以及把剪断的锁链留在了现场……但似乎没有人表示怀疑。

警察和公园管理者都认为：“虽然失主没来报过案，但这马应该是自己回到主人身边了吧。”这件事就这样不了了之了。说到底，他们根本不关心马为什么不见了，甚至还流露出因为少了一件麻烦事而庆幸的语气。未名子为此感到有些失望，但得知没人追究这件事，也就松了口气。

辞掉工作后，未名子也没再去资料馆，白天待在家里，傍晚就到洞穴里待上几个小时，照料“飞机”，练习骑马。正如Gibano所说的那样，未名子逐渐消除了对骑马的畏惧心理。未名子骑一会儿就下来，并排走一会儿又翻身上马——通过这样的方式消除了人与马之间的隔阂。

几天后，未名子已经能够骑着“飞机”走出洞穴，在周围的树丛间散步了。这样的进度也许算比较快的，至于原因嘛，是因为有Gibano的指导，还是因为“飞机”能力强，还是因为双方比较投缘？……未名子不得而知，即使想问Gibano也无法再进行通话。

除了来洞穴与“飞机”相会以外的时间，未名子则用手机查看马脖子上挂着的网络摄像头拍摄的画面。她发现，“飞机”大多数时候都待在黑暗的洞穴里，有时会到周围的树丛间转悠，吃吃草，散散步，偶尔也会跑到未名子每次来的那条路上。

未名子觉得，要提高某项技能的话，设置要达到的段位是个行之有效的方法。这样能够设定好目标，而且更重要的是，能够在一旦开始就没有止境的学习过程中设置一个停顿，强制性地让人停下来稍作休息。

过于专注的学习者，常常需要有人施以当头棒喝，否则他们就会真的像字面意思那样“废寝忘食”。事实上，现在的未名子就缺少这样的契机。她总觉得还不够，还差一点，每天忘我地投入到与“飞机”的训练之中。

不知不觉地，她已经能骑马爬到陡峭的悬崖上，也能慢慢地从高低不平的地方走下来。“飞机”在杂草丛生的地方也能健步如飞，在地势狭窄之处还能灵巧地用后脚调转方向。每当这时，未名子就感觉自己与“飞机”仿佛已经人马合一，感觉彼此的能力都在逐渐拓展。

顺奶奶的离世

顺奶奶的大限，比未名子预料的来得更早一些。

阿途一般不给未名子打电话，所以，当未名子看到来电显示时，隐约有一种不祥之感。未名子一边暗自祈祷：“但愿是自己神经过敏吧。”一边拿起电话。

阿途所说的话，应验了未名子接电话前的不祥预感。阿途并没有表现得很悲伤或惊慌。从她的声音里，也听不出上次见面时那种憔悴之感，语气平淡而得体，像公事公办似的，同时又十分稳重。

在未名子的记忆中，顺奶奶生前从来没有表示过希望为自己举办葬礼或告别仪式，更不用说修墓碑什么的了。给人的感觉，她甚至没考虑过要对别人提起这些。当然，也可能在病重之前就跟阿途谈过了吧。

“我打算办直葬。”

阿途说道。未名子反问：

“不好意思，我对这方面不太了解——‘直葬’是什么意思？”

“我也是近几年才知道的。所谓直葬，就是不举办遗体告别仪式，也不用守灵，直接送去火葬，只在火葬场简单地做一下祷告。”

听到“火葬”这一正式说法时，未名子的内心稍微一紧。

“还要通知其他人。但我想尽快处理完，别搞得太张扬。”

紧接着，阿途又连续不停地说道：

“如果你愿意来帮忙的话，我会很高兴的。当然，也不勉强。”

其实，刚才在听着阿途说话时，未名子好几次想提出去顺奶奶的告别仪式帮忙的，但话到嘴边又忍住了。除了阿途，未名子从没见过顺奶奶的孙子以及其他亲戚朋友。而且，就在几周前，未名子没了工作，也没有再去资料馆帮忙，独自一人孤零零地生活。

“我真的可以去帮忙吗？”

未名子连忙记下阿途所说的时间和地点。时间是今天傍晚，地点是一个离自已家和顺奶奶家都很远的地方。阿途会开车过来接未名子。

“不用带什么东西，着装跟平时一样就行。有你来帮忙就太好了。”

阿途说完，挂断了电话。未名子在房间衣柜里翻找，从仅有的几套衣服当中挑了一件不太正式的带领衬衫，还有一条做电话接线员时穿过的过膝长裙，穿戴整齐，准备好出门。不一会儿，阿途开车来接未名子。她上身穿着T恤加短袖风衣，下面穿着牛仔裤。

“咦，近视啦？你以前戴眼镜的吗？”

见阿途问起，未名子只得撒了个谎：

“嗯，最近看不太清楚，偶尔戴一下。”

阿途往常每天开车接送顺奶奶，而未名子还是第一次坐，感觉车里有一股淡淡的烟味。

大概是应阿途的要求，丧事采取了最简略的火葬形式——遗体从医院直接运到火葬场，也没请和尚念经。工作人员显然已经习惯了这种场面，郑重而平静地为身着便装的阿途和未名子办理相关手续。

骨灰装进罐子之后，双手合十默祷。这时，阿途轻轻地戳了戳身旁的未名子，未名子瞥了她一眼，只见阿途悄悄地把一件东西塞到未名子手里——就好像两个小伙伴在课堂上偷偷摸摸地传递牛奶糖一样。未名子一看，似乎是顺奶奶的一小片遗骨，便连忙塞进裙子口袋里。接着，阿途在相关文件的几个地方签了字，就算办完了顺奶奶的告别仪式。

未名子提议说由她抱着骨灰罐坐在副驾驶位，阿途却说不必这么费心了，她让未名子坐在副驾驶位，而把骨灰罐放到后排座位上，并给它系上安全带。

阿途一边开车一边与未名子交谈。她俩之前从来没有聊过这么长时间。

“这个岁数的老人去世了，还要办这么多手续，真麻烦呀。毕竟，人的生命还是不一样嘛。”

阿途停顿了一下，继续说道：

“别看我妈这样，其实她以前熟人朋友很多的。所以，我想在走漏风声之前尽快办完丧事……‘走漏风声’这词好像不太好听。”

阿途自嘲地笑了笑。未名子看着她，心想：要瞒着别人做什么事的话，还是我这样的人最适合。

“你现在还有去那栋房子吗？”

阿途问未名子。未名子回答道：

“最近没怎么去。”

“我没能保住我妈，也没能保住那里。要不是你，那地方肯定早就没了。正因为有你在，我妈才会每天坚持到那里去。”

阿途又说了句谢谢——这已经不知是第几次了。未名子看着车窗外的风景。这时，雨滴开始“啪嗒啪嗒”地打在玻璃上。

“我想去看看海，可以吗？当然，并不是因为伤感……”

阿途直视着前方问道，同时还没忘为自己辩解。未名子回答说：“好的。”

***

海面上到处泛起泡沫，似乎预示着即将风浪大作。刮台风时，这一带的海面狂暴得几乎要将人吞噬；而其他时候，则完全摆出一副若无其事的样子。在未名子看来，此刻海面正介于二者之间。自从与“飞机”朝夕相处以来，未名子几乎不看新闻，不知是不是又要刮台风了。

车停在一处高地，站在这里俯瞰大海应该没有什么危险。不过，看着那风浪渐起的海面，未名子忽然开始担心起“飞机”来。虽说它没被绳索拴住，而且待在那个经受过战火仍然无比坚固的天然洞穴里，可是，想起那晚的暴风雨曾把它吓得动都不敢动，现在这时候，说不定一害怕又跑到外面迷路了呢。

在强风的吹拂下，阿途流露出一丝惬意的神情，说道：

“我从小就喜欢在刮台风时去看海，还因此被母亲骂过。她非常害怕台风。”

每次刮台风的时候，顺奶奶就会关闭资料馆。顺奶奶应该不是从冲绳的老人们口中得知“台风很可怕”的，而是早在移居此地之前就很注意防台风了吧。

“后来，每当台风临近时，我就跑去看蠢蠢欲动的大海，故意让自己内心骚动不安，然后在暴风雨大作之时尽情想象着波涛汹涌的大海。”

阿途说道。未名子回答：

“我听说，对于可能会危害自己的危险事物，人有一种想去了解其本质以求安心的欲望。比如说，事故现场经常有很多围观群众。”

“这也许是人为了延长寿命、使科学不断进步的一种本能？”

未名子突然想起，阿途就是医疗方面的专业人士。

“哎呀，我有点班门弄斧啦。”

“怎么会呢？大家都具有这样的探究精神，只不过各自领域不同，并没有什么强弱之分。”

细小的雨滴被强风吹散在空中。阿途迎风而立，怡然自得地俯瞰着海面。

“上次双台风的时候，母亲自己一个人走路去资料馆，结果人不见了。”

“顺奶奶？！”

未名子惊讶地问道。

“我也被吓了一跳。她年轻的时候就从来没有在台风天出过门。虽说资料馆不远，要是她身子骨硬朗、又是晴天的话，走着去也不是不行。可当时那种天气，而且她近来又是一直坐车去的……果然，半道儿就走不动了，坐在路边。我立刻开车把她接回家，但人已经累坏了。半夜送去医院，直接就住院了。你说，究竟是什么让她非要这么执着呢？”

说到这里，阿途默默地望着海面。过了一会儿，她才用缓慢的语速，断断续续但却很清晰地开始讲述起来。

我从小就一直不太喜欢母亲。她身为一名学者，却经常扯着嗓门说话，整天到处奔走，为各种问题而生气，为社会上的各种琐碎之事而悲叹，整天发牢骚。在我小的时候，印象中她就是这么一个人。如果只接触过现在的她，肯定觉得难以想象吧。

当时，日本正处于一个荒唐可笑的混乱时代。

不过，怎么说呢，在那样的社会，应该很少人会为一小部分弱势人群的不安而愤然发声吧。所以，母亲的愤怒反而得到了越来越多人的拥护与支持。母亲一边做研究，一边经常到各个地方举办学习会——主要是在东京、大阪这样的大城市。

当时母亲还在坚持做研究，并没有在某个地方定居。那个时期的冲绳、东京以及日本各地设立了多处美军基地——美国为了打越南战争，从日本和韩国的基地派出了大量军队。在基地附近，有一些来自世界各国的和平爱好者组建了各种社会团体。母亲受到了他们的影响，但同时她仍坚持用自己独特的方法去探寻人的生活方式。

比如说，有几个团体提倡依靠音乐或冥想的方式，但母亲并没有采取这些方式。至于那些与“黑帮资金”或者“压榨发展中国家的产业构造”密切相关的药物，哪怕它们是天然成分也绝不去碰。

母亲相信：最重要的是要坚持不断学习、积累知识，而不能用自己所谓的理想去伤害社会上的其他人。母亲组建了自己的团体之后，就开始渐渐销声匿迹，基本上只跟志趣相投的人来往。

后来，母亲和一些志同道合的人士跑到本州的某个偏远乡村，建立了一个只有他们自己的村落，在那里住下了。那时候，“狂热（cult）”“派别（sect）”这些概念在日本还不太普及，或者说，当时这些词语还没有用来表示其本来意义。不过，现在的用法其实也有点奇怪……

总之，母亲当时所做的事情，就是组建一个思想性质的团体，在一定程度上实现自给自足，并且在进行思想交流时会与宗教保持距离。

而我则跟着父亲一起生活，在日本的社会动乱中度过了青春时期，完成学业，然后结婚……虽然也遇到过各种问题，但总的来说还算比较顺利吧。

所以，在我年轻时看来，母亲就像被诅咒的战后亡灵一样，从日本的大舞台上退下来，被遗忘在战后某个时期的悲哀的角落里。亡灵似的母亲身边，总是聚集着亡灵似的人，他们互相支持，互相保护。

所以，那时候我觉得母亲并不需要我的保护。

当时，日本正处于一场获得和失去的狂欢之中。在狂欢背后，有一群人用不同于我母亲的方式大声疾呼——也许在外界看来并没有什么区别，其中几个住在山里的人跑到日本大城市中心，发动了可怕的恐怖袭击。

那时你应该还没出生，不过这个事件太轰动了，你肯定也听说过吧。在那些人当中，有很多是聪明而正直的，正因为如此才导致了那样的悲剧——不少人这么认为。你对当时的大动乱可能不太了解吧。那时候，日本各地的几个社会团体都遭遇了惨痛的经历。

无论他们与附近的居民相处得多么融洽，无论他们如何声明自己是非暴力团体，从那以后，人们就特别害怕这些不知以什么名义聚集起来、过着隐秘生活的人。在不为人所知的地方，建立不为人知的组织——无论其政治意图大小，这行为本身就可以被定罪了。

我一边工作，一边抚养孩子。后来，孩子也成家立业了。这时我才忽然发现，母亲不知何时自己一个人跑到了这座南方岛屿上生活。母亲没有向我做过任何解释。但我知道，当我在日本的向阳处努力而快乐地生活的时候，母亲也许已经遭受了许多不公平的待遇——这也是我后来自己私下调查才知道的。

说实话，虽然现在母亲已经离开了，可要是有人问我："你还记恨母亲吗？或是已经谅解她了？她所遭受的不公平待遇是咎由自取吗？"我也不知道该如何回答。

不过我开始越来越多地思考："自愿加入社会团体"与"限制这些人的自由思想和情感"，这二者的分界线到底在哪里？还有，在周围人恐惧的目光中坚持自己的生活方式，坚持自己的观念，其意义又在哪里？

雨逐渐下大了，两人只好回到车里。车往前驶出没多久，豆大的雨点就砸在挡风玻璃上，任凭雨刮器拼命扫动，前方视野还是一片模糊。

“这雨也太大了。”

阿途话音刚落，一道熟悉的灯光透过被雨点模糊的视野，映入了车窗内。主干道沿线上，一家介于家庭餐厅和小饭店之间的外国连锁餐馆的招牌高高地耸立着，仿佛正在朦胧的大雨中奋力坚持。餐馆呈扁平状，外面镶着玻璃，是一栋两层建筑——确切地说，更像是把第二层直接压在一楼的停车场上。餐馆的灯光照亮了外面的雨滴。

“超市肯定也关门了，不如在这里吃顿便饭吧。我请客，感谢你今天帮忙。”

阿途对未名子说着，把车开进了停车场。停车场里空荡荡的，没有其他车辆。走进餐馆一看，不出所料，灯火通明的店内连一个客人也没有。宽敞的空间四周设置了舒适的沙发雅座，墙壁部分几乎全都装上了落地玻璃。

雨水猛烈地敲击着玻璃窗，外面一片模糊。店里只有一个服务员在干活。当他看见两人走进来时，似乎有点吃惊，随即就招呼说："请随便坐。"

"难得来一次，不如坐靠窗的位置吧？"

未名子提议道。阿途说："是啊，难得来一次。"在一处靠窗的雅座沙发坐下，往雨水敲击的窗边靠了靠。未名子点了一份牛油果午餐肉三明治，外加一杯冰茶；阿途则要了一份鲑鱼奶油意面和一杯橙汁。服务员满脸歉意地说道："因为餐馆人手不够，上菜会稍慢一点。"阿途回答说："没事，慢慢来。如果缺哪种食材，也可以改成别的。"

"肯定是那位小哥自己下厨。"

阿途小声地对未名子说，随即笑了笑，端起玻璃杯喝水。

"您喜欢玩猜谜游戏吗？"

未名子问道。阿途听了，还没把嘴巴从杯口移开，就诧异地反问道：

“猜谜游戏？是头上戴着有个问号的帽子的那个节目吗？”

未名子见阿途的回答跟自己当初回答神户主任的问题时一样离谱，不由微微一笑：

“我也不知道，可能是吧。”

“时代不同啦。我年轻那会儿，有一个非常有名的电视节目，叫什么来着……”

阿途把水杯放在桌上，右手掌心朝下，在面前做出缓慢的水平移动动作，一边说道：

“在纽约泛美大厦的楼顶上，像这样，乘坐两架直升机翩翩而来——那里就是猜谜游戏的节目现场。”

“答题者坐在直升机上吗？”

“嗯，在当地中学铜管乐队的刺耳的奏乐声中，从预选赛一路闯进决赛的业余选手们从直升机上走下来，在楼顶上进行对决。”

“双方都是答题者吗？”

“嗯，出题的人——就是主持人，好像是什么专职艺人吧，在楼顶上等着——就是有个H形标志的……停机坪？就在那里等着。”

未名子想象着自己这个读题人站在大楼楼顶的停机坪上，等待着答题者的到来。在强风的吹拂下，自己仰望天空，等待着直升机的到来。旁边的铜管乐队演奏着并不悦耳的音乐……

“那个节目，想想也真奇怪。一个个又不是艺人，却整天不上班，跑去猜谜，为了成为最后的胜出者而拼得你死我活。可能跟时代背景有关吧。参加节目的选手都不是艺人，却被起了各种绰号——中年妇女叫‘大胆妈妈’，胖子叫‘屠夫’……

“虽然是猜谜游戏，却有点像真人秀的感觉。日本当时正处于荒唐可笑的混乱时代之中，很多人都喜欢看这档节目。如果说我的母亲是生活在舞台背面的话，那么这档节目应该就是在舞台聚光灯下了。其实，母亲和那些参加猜谜游戏的人一样，都是想把知识转化为力量。”

“答题者既不是知识分子也不是学者，而只是普通的劳动者吗？”

“没错，但肯定是头脑比较聪明的人。话说回来，像流行歌曲的歌名、切菜的刀法名称之类的题目，也并不是学者就一定能回答出来的。参加者大多是那些每天读书看报的普通人。现在很多想不起来了……总之就是些家庭主妇、上班族、教师之类，过着平常生活的人。”

阿途望着窗外，说道：

“那时候啊……”

沉默几秒钟后，又接着往下说：

“嗯……我搬来母亲这里一起住，安稳的生活使很多记忆逐渐淡忘了。可是后来，当你刚开始来资料馆的时候，我又回想起年轻时从母亲和她周围人身上感受到的、有点可怕的感觉。”

阿途并没转向未名子，而是用手托着腮，一直望着窗外。

***

“当我看见你这个似乎懵懂无知的十多岁的少女来到母亲身边时，内心曾经有过的那种恐惧感又再次涌现出来。说实话，你不去上学而是一天到晚待在那栋房子里——关于这事，我当时跟母亲经常吵架。直到今天，仍然说不清楚谁是对的，而且我也从来没为自己对母亲发脾气而感到愧疚，也从来没有反省过。”

“我还是第一次听说，这些事。”

未名子惊讶地说。阿途回答道：

“其实，我那时完全没有责怪你的意思，现在也没有。不过，那时你的父亲也忙得没空管你，你说你是自己想来资料馆的，但你毕竟还是个孩子嘛。在很多方面，跟母亲年轻时聚集在她身边的那些不稳重的年轻人非常相似。我当时也不够稳重，所以，一直假装不知道、采取故意回避的问题，因为你的出现而全部涌现出来。”

窗外依然有无数颗水珠在狂舞，几十厘米之外就完全看不清楚了。而与之隔着一层玻璃的两个人，不仅身上没有沾到一滴水，而且还能吃上服务员端来的热气腾腾的食物——未名子不由觉得有种虚幻之感。

她默默地吃着厚得难以下嘴的三明治，同时在桌子底下打开手机里的一个软件，屏幕上显示出摄像头的拍摄画面——周围很暗，可以看见远处是洞穴的出口。尽管下着大雨，但摄像头并没有被淋湿的迹象，想必“飞机”正像往常那样在洞穴里面睡觉吧。

“我之前一直很喜欢顺奶奶，现在也是。”

未名子往冰茶里倒入牛奶，用吸管搅拌着，继续说道：

“我想，你们二位的问题，应该很难处理吧。”

“唉，毕竟是母女关系，确实……”

“可是，对于其他人——比如对于住在这个城市里的大多数人来说，‘伦理’又是什么呢？一想到这里……如果顺奶奶只是因为选择了那样的生活方式而变得举步维艰，那我会觉得，是这个世界的问题，是这个世界有点不正常。”

“也许，大家都对自己不了解的事物感到恐惧。比如说，台风。”

“而且，怎么说呢……我不太明白‘不给别人添麻烦’这句话是什么意思。还有，具体而言，那栋房子和顺奶奶给这个世界添了什么麻烦呢？”

未名子说得停不下来。这种情况很少见。她感到非常不安，连声音都变尖了，但她仍然继续往下说。

“如果说顺奶奶是凭兴趣在做一件徒劳无益的事，那么大多数人其实在某种程度上都是这样活着的吧。至于这样做会不会对别人产生危害，这就说不清楚了。所以，为了让大家消除恐惧感而反复解释是很难做到的。

“资料馆里有那么多资料，那些资料根本不是什么秘密，只要去查的话，全都是可以公开的。我原以为，我可以尽量自己一个人工作，自己一个人学习。然而，人本来就是有分工的，进行不同的工作和学习，而并非不依靠任何人，并非各自独立生存、成长和学习……是这样吧？”

未名子还是第一次这样滔滔不绝地向别人说出自己的想法。她生怕讲到一半被打断，或者被否定，被无视。未名子的眼泪流了出来。她想用手掌的大拇指根部去擦眼泪时，才意识到自己戴着眼镜。平时不戴这种玩意儿，所以没怎么留意。

她慌慌张张地把它摘下来搁在桌上。——未名子的这一连串举动，阿途并不觉得可笑，她吃完放下餐叉，听未名子诉说。

风声和雨点敲击玻璃的声音一直响个不停，扁平而明亮的店内流淌着的八音盒背景音乐，听起来似乎有些骚动不安。

在一切坍塌之前

资料馆在挖掘机的铁臂下轰然坍塌。当铲子轻轻抚过时，这栋混凝土建筑就像酥脆的糕点一样散架了。未名子骑在“飞机”背上眺望着这一情形，心中十分感慨：这样一个地方竟然挨过了那么多年的风风雨雨。

白天街道上行人众多，也许是这个缘故，反而没人对骑着马的未名子感到大惊小怪。大大方方地骑马前行，看上去就像在做观光宣传或广告活动。未名子心想：这就是训练的成果啊。

只要按照 Gibano 所教的步骤驾驭“飞机”，它那小体型的马背就会很平稳，几乎感觉不到颠簸。经过短短一段时间的训练，未名子对骑马已经完全熟悉了。Gibano 的指导确实非常适合未名子这样的初学者，只要按步骤进行，就能取得飞速进步……

听到挖掘机的巨响，“飞机”不时被吓得轻轻扭动身体。而每当这时，未名子的后背就会感受到背包里传来的震动。

未名子骑马及时赶到了资料馆的拆除现场，这让她感到安心，而且充满了自信。

这栋建筑里的资料是否都正确，未名子并不知道，世界上恐怕也没有人知道。不过，未名子在资料馆的日子，做到了尊重每一份承载时间的事实。所有的信息都会变成过去。但即便如此，只要在某个瞬间是真实的，又有谁能断言它将来不会成为有用的信息呢?

资料馆里堆满了这样的资料。它们现在是否都正确，将来能否一直保持准确，并不能成为评判它们的理由，不能以此决定应该保护这些资料，还是应该干脆利落地全部处理掉。

未名子积累保存下来的所有电子资料，被存放在了宇宙空间、南极深海、危险的战场中心的避难所，以及自己背包里塞满的内存卡里。这些资料的备份不设密码，完全公开，可以随时供任何人读取。当然，这几处存放的空间全都位于地球的深层区域，既方便愿意读取的人查阅，又可以防止无关的人误入。

希望有朝一日，这座岛的所有信息能够跟全世界的信息连接起来，尽管自己手中的资料只不过是全世界知识海洋之一粟，但也不能任其消亡，而要保留下去——在未名子的信念中，这就是自己的使命。她已经做好了心理准备：

即使这样做是错的，即使因此而受到责难甚至被抓进监狱也在所不惜。反正，未名子现在也没有什么害怕失去的东西。

背包里装着的盒子里，除了内存卡，还有几块碎片——其中一块是未名子从资料馆带出来的、某个在港川生活过的人的骨头碎片，顺奶奶第一次见到未名子时就曾拿给她看过；另一块则是顺奶奶自身的遗骨，阿途那天在火葬场偷偷把这块纯白色的碎片塞到未名子手里。

这两块人骨碎片的颜色和质感截然不同，光是看一看、摸一摸，会觉得不像是相同成分的物质。未名子用纸把两片碎骨一起包起来，放进盒子里。她觉得：这两块虽然很小但却蕴含着无数信息的人骨碎片，像极了用作记录媒介的内存卡。

据说，琉球王朝时代的人与现在的日本人相貌基本一致。那个时代生活在冲绳的人与现在生活在本州的大多数人属于相同的人种。至于常被认为是“绳文人后裔”的阿伊努人与被称为“琉球民族”的人们之间是否存在近似之处，尚无定论，在各种研究中长期存在着不同观点。

另外，港川这个地方，还存在着早在琉球王朝时期就灭绝了的古代人类的遗迹。通过人骨复原的港川人的形象，以前被认为具有绳文人的典型特征，而现在则被认为与澳大利亚原住民样貌相似。港川人和琉球王朝的人无论时代还是文化都相隔甚远，所以，现在生活在这个地区的人们，并不是未名子手头那片人骨——即古代人的直接的子孙后代。

这座岛上有太多支离破碎的故事。今后也许会有社会学者和历史学家去做修补断层的研究，又或许，有朝一日机器可以通过自动学习而实现预测。当然，未名子并不认为自己肩负着这项使命。她连这座岛上过去发生的事情是好是坏都分辨不清。说到底，所谓伦理，其实是会随着历史潮流而任意变化的。自己所能做的，只是记录事实、归档和保存。

***

不久前，未名子知道了有这么一项技术：世界上的某个地方，可以用三个词语组合起来进行定位。将整个地球划分成以几平方米为单位的单个区域，每个区域都分配了专属的三个词语来表示——把三个有意义的词语似乎毫无关联地排列在一起。

这项技术也可用于制作密码。只要由自己指定排列方式，就能让它变得无限复杂。还可用来制作只有知道密码的几个人才能看懂的地图。在其他人看来，只不过是普通的文字，因此非常具有隐蔽性，比如可以隐藏在故事里，也可以改头换面地做成某个题目。未名子可以将其作为谜题，让对方猜世界上的任何一个地方。[1]

***

骑马技术越来越熟练之后，未名子会在黎明或夜晚骑着“飞机”到处走。这里是四面环海的一座岛屿，褐色的宫古马奔跑在人工铺设的道路上。它非常可靠，什么地方都能去。

“飞机”的脖子上挂着摄像头，未名子则戴着一副内藏摄像头的眼镜。未名子一边骑着“飞机”在道路上行走，一边拍摄沿路的景物。

人行道上的行人对“飞机”视若无睹，偶尔也有人好奇地、满脸笑容地打量着未名子和“飞机”，当然这样的情形非常少见。行人、房屋、道路都随着“飞机”的移动速度从两侧向后掠去。

---

1 这项技术主要应用于一个定位系统的软件 what3words。前文提到，未名子与几位答题者道别时留下的谜题“土豆炖牛肉，迷茫，芥末”，在 what3words 软件中输入这三个词语，定位结果为“首里城”。

这种感觉，有点像谷歌街景那种略显怪异的拍摄车，或者自动行驶的电影拍摄车。只是不知道，它们是否也会被路人视若无睹，偶尔也被人笑脸相迎呢？

从知道资料馆即将消逝的那一刻起，未名子就产生了一种强烈的想法：要把自己在这座岛上所看见的一切记录下来。这也许不是使命，而是一种需求。

不久之前，未名子还一直觉得：从本质上来说，自己和那些视频通话的答题者有着同样的孤独和闭塞感。

她心想：以前电视上播出的猜谜节目的参与者又是怎样的呢？——不停地回答着别人提出的问题，答对就能赢得赞赏。

他们生活在世界上的某个角落里，每天上班和抚养孩子，没有痛苦，衣食无忧。而且，即使参加节目也不见得就能赢下大奖、成为亿万富翁，不见得能由此赢得终身荣誉。但即便如此，他们仍然踊跃报名参加猜谜节目——他们渴望以自己在人生中获得的各种知识作为武器，以此改变自己。

未名子也一样，每天在家里、工作室和资料馆的三点一线中度过。即便已经辞掉工作，资料馆也不在了，但那种闭塞感似乎还是没有尽头。

只要未名子愿意，她可以选择像这样策马飞奔。所以，她做到了——她骑着这匹让 Gibano 无比怀念和羡慕的动物，像 Polar 小时候那样沿着河岸一路向前飞奔。

如果以整个世界、整个宇宙为基准的话，这座岛比一颗尘埃还要微小。而比这更微小的，是未名子和“飞机”、装在背包里的指甲盖儿大小的内存卡、卡里储存的这个世界的无数信息、图像和声音、旧的人骨和新的人骨。

***

人行道上，走过一群衣着亮丽的、来自各国的男男女女。

他们大概有十一二个人，一边走，一边互相嬉闹。他们披散长发，头上戴着草编的发饰，身穿浅色花纹连衣裙。

未名子觉得他们的样子很美，至于他们是嬉皮士，还是某个活动团体、宗教团体，还是“日出健康科学中心”的宣传人员，都无关紧要。同时，她又觉得：不仅是他们，还有日本各个地方的每个人，当然也包括她自己，都是被某些知识诅咒了的灵魂。

这帮人举着一面写着字的旗子，每个人各自抓着旗子的一角，高高地举过头顶。不过，也许是因为每个人都在乱动或者风太大的缘故，旗子被拉扯得表面皱巴巴的，看不清楚写着什么。未名子有些怀疑：他们这样做是为了让更多人看到这些字吗？他们是否已经向路人传达了某种主张？

***

太平洋战争即将结束时，美军在首里周边、冲绳地区发动了最大规模的轰炸。这场战役因为贝洛特兄弟的《钢铁台风》（*Typhoon of Steel*）而给人们留下了深刻印象。首里、莱特湾、硫磺岛并称为太平洋战争中战斗最激烈的地区。短时间内投落的无数颗炮弹和手榴弹，瞬间改变了周围的景象。别说建筑物和植物，就连地形都变了样。

未名子想起那些在当时战死的人中为数不少的自行了断性命之人。人们原来生活的地方，被可怕的能量瞬间变得面目全非。要换作自己的话，该多么绝望啊——那也许是一种对于自己葬身之地的绝望吧。

曾经生活在岛上的人们感到绝望时，周围简直变成了一片无穷无尽的地狱。前一刻这里还是他们熟悉的家园，转瞬间却连地形都彻底变了样。财产、房屋、树林、围墙、坡道以及生灵万物全都化为灰烬。

今后人们显然也无法在这里生存下去——身处这样一片景象之中，甚至连无法生存的绝望感都消失了。这时候，又有多少人足够坚强，能做到不把自己手中唯一用于自保的武器对准自己呢？

在代号为“冰山行动”的冲绳战役中，美军士兵也伤亡惨重，而且还有很多人遭受了终生无法痊愈的精神创伤。

“飞机”对于台风并未表现得很害怕，但当它面对拆除资料馆的挖掘机和大卡车时，却非常恐惧。未名子想起 Gibano 说过的话：马这种动物是为了奔跑走动而进化来的，所以，当自己身处的地方在外力下发生变化时，就会非常害怕。

这一带的主干道上，经常有几台甚至几十台装运石块的大卡车经过。附近正在进行填海造地、开拓岛屿的施工。像这样改变了大地的形态之后，环境发生变化，资料又要相应做改动……想到这里时，未名子突然意识到：资料馆已经不在了，誊写索引卡片、重新整理资料等等工作也没法再做了。

今后的每一天，所有事物都会发生变化。不过，未名子拥有此刻之前的关于周围事物的大量信息。

未名子相信：无论世界发生了什么变化，她都可以提供关于此时此地的信息。她为此感到无比自豪。她的背包里，装着几天前还在资料馆里的所有信息。现在还不知道它们是否有用。

不过，万一突然发生炸弹袭击、暴风雨或者其他惨重的悲剧，这里的景象变得面目全非，大家想要恢复原状却根本不知道原来是什么样时，这些信息也许能为大家指明方向。未名子心想：当原来的一切全部消失的时候，这些资料说不定能够救人于危难之中呢。

当然，这样的事情还是不要发生为好。自己耗费了人生中相当长的一段时间记录的信息——自己的这些宝贝，最好永远也派不上用场，在世界尽头的那几个地方静静地待着，变旧，变坏，变得千疮百孔，直到最后完全消失——这样的结局无疑才是更美好的。

未名子骑在暖烘烘的马背上，轻轻摇晃着，脸上露出了微笑。